Verliebt ... Verlobt ... Verdächtig

Eva Sturm ermittelt

Ostfrieslandkrimi *von Moa Graven*

Impressum
Verliebt … Verlobt … Verdächtig
Eva Sturm ermittelt
Ostfrieslandkrimi von Moa Graven

Erschienen im cri.ki-Verlag Leer (Ostfriesland)
Mai 2015
ISBN 978-3-945372-53-1
Umschlagfoto und Gestaltung: cri.ki-Verlag Leer (Ostfriesland)

Zum Inhalt:

Verliebt … Verlobt … Verdächtig

Ostfrieslandkrimi

Eva Sturm wird von ihrer bisherigen Dienststelle in Braunschweig als Ermittlerin zur kleinen Polizeistation auf Langeoog versetzt. Nur mit halbem Herzen freut sie sich, denn teilweise fühlt sie sich als Endvierzigerin einfach nur abgeschoben. Die Tage plätschern dahin, sie gewöhnt sich ein und freundet sich schließlich mit Jürgen an, der die Touristikinfo leitet. Für Polizeiarbeit gibt es indes nur selten Anlass.

Bis Eva eines schönen Tages am Strand einen goldenen Ring mit einer Inschrift findet. Sie versucht mit Jürgens Hilfe, den Besitzer zu ermitteln, der offensichtlich mit einer Maren verheiratet ist. Doch die Suche geht ins Leere. Bis Eva eines Tages überfallen und der Ring gestohlen wird. Steckt vielleicht doch mehr dahinter? Sogar Mord? Eva Sturm ermittelt in ihrem ersten Fall auf Langeoog, der sie bis zu einem Goldschmied nach Köln führt. Und Jürgen ist immer an ihrer Seite.

Für Elliot

Ein Tag ohne einen Spaziergang
mit einem Hund
ist ein verlorener Tag!

Inselblues

Gelangweilt saß sie in der Sonne und grub ihre Hände in den weißen Sand. Nun war es bald ein halbes Jahr her, dass sie als Ermittlerin auf die Insel Langeoog gewechselt war. Die Verwaltung hatte sich entschieden, die Polizeistation wieder dauerhaft zu besetzen, und so war sie hier gelandet. So ganz freiwillig war es ja nicht gewesen von ihrer Seite aus. Doch ihr Chef in Braunschweig hatte ihr die Sache schmackhaft gemacht, indem er ihr erklärte, dass die raue Seeluft gut gegen Asthma sei. Ja, und die Vorteile vom Laufen im weichen Sand für ihre maroden Knie ließ er auch nicht unerwähnt. Er hatte es schon immer genossen, ihr eins zwischen die Hörner zu geben. Einfach, weil sie eine Frau mit einem gesunden Selbstbewusstsein war.

Doch zugegebenermaßen jammerte sie hier auf hohem Niveau. Wenn sie an die Heerscharen von Touristen dachte, die jedes Jahr auf die Insel strömten, dann musste es doch einen Grund dafür geben. Und sie lebte jetzt hier und bekam auch noch Geld dafür. Den ganzen Tag Sonne tanken, im Liegestuhl sitzen und im Winter die Abende mit einem guten Buch vor dem Kaminfeuer verbringen. Doch, alles in allem hatte sie es Inselpolizistin gut getroffen. In

Gedanken zeigte sie ihrem ehemaligen Chef eine lange Nase.

Die Sonne brannte heute ganz besonders. Vom Meer her wehte eine frische Brise, es roch salzig. So konnte man es wahrlich aushalten. Es war jetzt Mitte März und die ersten Touristen waren bereits angereist. So würde es weitergehen bis zum Saisonende, hatte ihr der Vermieter erklärt. Und vielleicht bekäme sie dann ja auch endlich mal was zu tun, hatte er mit einem Lächeln hinzugefügt.

Eva Sturm war jetzt siebenundvierzig, und wenn es nach ihr ginge, dann könnte das gemütliche Leben genauso weitergehen. Sie schloss die Augen und reckte ihr Gesicht der Sonne entgegen. Sie spürte förmlich, wie sich ihre Pigmente von der Sonne bräunen ließen. Dank ihres dunklen Teints und den braunen Haaren hatte sie noch nie einen Sonnenbrand bekommen. Wenn sie jetzt noch ein wenig abnahm, konnte sie vielleicht sogar bald ein Sonnenbad in Badekleidung nehmen. Ihre Hände fuhren wieder in den Sand und schaufelten, streuten und stießen wieder zu. Es fühlte sich so körnig und sinnlich an. Plötzlich hielt sie in der Bewegung inne. Wo hatte sie da hineingegriffen? Es fühlte sich hart an. Dann bekam es Kontur. Es war rund. Sie griff ordentlich zu und packte den Gegenstand mit einer Handvoll Sand und hielt ihn sich vor die Nase. Sie ließ den Sand durch ihre Finger rinnen und zum Vorschein kam ein goldener Ring. Er sah nach einem Ehering aus. Neugierig hielt Eva Sturm den Ring ganz dicht vor ihre Augen, um im Innenrand nach einer Gravur zu suchen. Aha, fünfhundertfünfundachtziger Gold mit Prägestempel. Und dann waren da auch noch Buchstaben. Doch sie konnte sie nicht entziffern. Blöde Kurzsichtigkeit. Und so langsam brauchte sie auch noch eine Lesebrille. Das Alter rückte an. Körperlich fühlte sie sich manchmal wie ein Wrack. Immer wieder kniff sie die Augen zusammen, rieb daran. Verdammt, es musste doch wohl möglich sein, die Inschrift zu entziffern! Aha, der erste Buchstabe war eindeutig ein M ... dann ein A ... ein R ... ein E und ein N. Maren. Dieser Ring gehörte einer Maren. Bestimmt war Maren todtraurig, dass sie dieses Schmuckstück verloren hatte. Aber das war ja Quatsch. Maren trug ja nicht ihren eigenen Ring. Also musste es einen Stefan oder Sebastian oder sonst wen geben, der jetzt unberingt durchs Leben ging. Doch von einer Verlustanzeige war ihr nichts bekannt. Aber wer zeigte so etwas schon auf einer Polizeidienststelle an. Das passierte nicht einmal auf einer kleinen Insel. Aber in der Touristinfo im Fundbüro, da könnte etwas vorliegen.

Eva Sturm quälte sich aus dem Sand, schüttelte sich und lief los.

»Moin Jürgen«, rief sie, als sie die Tür zur Touristinformation aufstieß. Es war wie immer nicht viel los um diese Zeit.

»Moin Eva«, entgegnete Jürgen. »Brauchst du einen Inselplan.« Er lachte sie offen an. Er hatte vom ersten Tag an ein Auge auf sie geworfen.

»Ne, lass mal, so langsam kenn ich mich hier aus. Aber ich habe etwas am Strand gefunden und wollte mal fragen, ob sich jemand hier gemeldet hat.«

»Gefunden? Was denn?« Neugierig sah Jürgen zu ihr herüber.

»Hier, einen goldenen Ring. Vermutlich ein Ehering, es gibt eine Gravur. Hast du da was vorliegen?«

Jürgen kratzte sich kurz am Kopf. »Nö, ich glaub nicht. Aber ich könnte einen Aushang machen, dass ein Ring gefunden wurde. Was steht denn drin?«

»Maren steht da«, antwortete Eva. »Und bevor du nach einem Datum fragst, das kann ich beim besten Willen nicht entziffern.«

»Gib doch mal her, vielleicht schaff ich es, ich bin ja noch ein paar Jährchen jünger.«

»Sehr charmant«, sagte Eva, zog eine Schnute und reichte ihm das Schmuckstück.

Jürgen hielt den Ring in die Luft, drehte sich mit dem Rücken zum Fenster, so dass das Licht günstig fiel. »Maren, ja, das seh ich auch ... aber das Datum. Mensch.« Er drehte den Ring, sich selbst um ein paar Grade, bis er triumphierend ausrief. »Ich hab's. Es ist der fünfte Mai zweitausendvierzehn.«

»Na guck, das ist doch schon mal was«, meinte Eva zerknirscht. »Gib ihn mir mal wieder her. Ich werde weiter forschen. Und die Verlobung oder Heirat ist ja auch noch gar nicht so lange her. Vielleicht erinnert sich zum Beispiel ein Hotelbesitzer an eine glückliche Maren, die im letzten halben Jahr hier Urlaub gemacht hat.« Sie reckte sich nach Jürgens Hand, um ihm den Ring abzunehmen.

»Was krieg ich dafür?«, fragte Jürgen mit einem schelmischen Grinsen. Da er mindestens einen Kopf größer als Eva war, war es kein Kunststück, sie wie ein kleines Kind am langen Arm zappeln zu lassen.

»Wie wär's mit einem Tritt vors Schienbein?« Eva holte demonstrativ aus.

»Oh, nein. Hier nimm, ich ergebe mich ja schon. Sag mal, hast du heute Abend schon was vor?«

»Ich habe immer was vor«, sagte Eva, und steckte sich den rückeroberten Ring an den rechten Mittelfinger. »Und jetzt werde ich erst mal ein paar Hotels abklappern. Ist ja sonst nichts los heute.«

»Mach das, und denk an unsere Verabredung.«

Eva drehte sich am Ausgang noch einmal um und warf Jürgen eine Kusshand zu. Sie flirtete gern mit ihm. Und besonders schätzte sie, dass er nie über eine gewisse Grenze schritt. Irgendwie hatte er wohl von Anfang an geahnt, dass sie eine schwierige Person war. Sie schloss die Tür hinter sich.

Später am Nachmittag saß Eva alleine in ihrer Wohnung. Die Befragung einiger Hotelmitarbeiter hatte nichts gebracht. Niemand vermisste einen Ring. Komisch dachte sie. Also, wenn ich so einen Ring verlieren würde, dann würde ich Himmel und Hölle in Bewegung setzen. Und noch mehr vielleicht, um so einen Ring überhaupt einmal angesteckt zu bekommen. Bisher hatte noch niemand Anstalten dazu gemacht. Das wurmte sie gewaltig. Sie zog den Ring vom Mittelfinger und betrachtete ihn lange. Da er so groß war, schätzte sie den Träger auf mindestens einsneunzig. Und Maren? War sie klein und zierlich? Blond oder dunkel? Hatte sie sich in der Sonne geaalt, während der große Unbekannte neben ihr am Strand lag? Und was war dann geschehen? Zwei Verliebte, die sich auf einer Decke küssten und streichelten. Das könnte so gewesen sein. Und dann hatte er Maren vielleicht eingeölt, damit sie keinen Sonnenbrand bekam. Tja, und dann war ihm der Ring vom Finger gerutscht. Aber das musste er doch gemerkt haben. Spätestens, als sie wieder im Hotel waren. Beim gemeinsamen Essen. Eva hatte zwar keine Erfahrung damit, aber sie war sich sicher, dass frisch Verliebte ständig darauf achteten, dass der Ring auch am richtigen Platz saß. Sie ging in die Küche und schenkte sich einen Rosé ein. Es war noch früh am Abend und sie hatte keine Lust auf das Fernsehprogramm. Ob sie einfach mal bei Jürgen anrufen sollte? Schon aus pragmatischen Gründen, weil sie sich dann nicht mehr alleine darüber den Kopf zerbrechen musste, was mit Maren geschehen war. War denn etwas geschehen?, ging es ihr durch den Kopf. Es könnte zumindest sein. Sie steckte sich den Ring wieder an und griff zu ihrem Telefon.

Bereits eine halbe Stunde später stieß Eva mit Jürgen in einem netten gediegenen Lokal mit einem Rotwein an.

»Dass ich das noch erleben darf«, scherzte Jürgen und lächelte sie an.

»Nun übertreib mal nicht«, erwiderte Eva. »Und außerdem ist es eigentlich auch dienstlich. Jedenfalls halbwegs.« Doch sicher war es ihm nicht verborgen geblieben, dass sie sich ein wenig herausgeputzt hatte. Statt des üblichen dunkelblauen Pullovers trug sie jetzt eine weiße Bluse und hatte zudem sogar Wimperntusche und Kajal aufgetragen. Das machte sie sonst eigentlich nie. Und hier auf der Insel, wo sie praktisch den ganzen Tag im Sand herumstapfte, während ihr der Nordseewind um die Ohren pfiff, hatte sie manchmal nicht einmal mehr Lust, sich ordentlichen zu kämmen und band ihre schulterlangen dunklen Haare einfach lose mit einem Gummiband zusammen. Doch auch da hatte sie heute Hand angelegt. Ihr weiches Haar fiel ihr auf die Schultern und glänzte im Kerzenschein.

»Dienstlich?«, fragte Jürgen und schob sich ein Stück seines Seelachsfilets in den Mund.

»Ach, mir geht der Ring einfach nicht aus dem Kopf«, seufzte Eva.

»Ja, das nimmt schon komische Züge an«, meinte Jürgen und zeigte auf ihre rechte Hand, wo der Ring noch immer am Mittelfinger schimmerte.

»Ich kann dann einfach besser denken«, sagte Eva und sah versonnen auf das Schmuckstück. »Es kann natürlich alles eine ganz einfache Erklärung haben, das gebe ich zu. Ein verliebtes Pärchen hat hier Flitterwochen verbracht und dann beim Sonnen am Strand ging der Ring verloren.«

»Klar. Aber bei dir muss alles komplizierter sein, stimmt's?«

»Muss nicht«, verteidigte sich Eva. »Aber es könnte doch auch ein Verbrechen dahinter stecken. Nun stell dir doch einmal vor, da hat ein Kampf stattgefunden, bei dem der Ring im Sand landete.«

»Und woran denkst du dabei? Eine wilde Schlägerei zwischen zwei klobigen Kerlen, die sich extra dafür frei genommen haben und nach Langeoog gekommen sind?« Jürgen grinste sie an.

»Du nimmst mich nicht ernst«, maulte Eva.

»Doch, viel zu sehr eigentlich manchmal«, sagte Jürgen und sah ihr tief in die Augen. »Wäre aber schön, wenn du dich ab und zu mal lockermachen könntest. Es ist so ein schöner Abend und ich komme mir hier gerade vor, als ob ich nur Mittel zum Zweck wäre.«

»Bist du auch«, gab Eva zurück und hielt ihm ihr Rotweinglas entgegen.

»Miststück«, sagte er mit einem Lächeln und stieß mit ihr an.

»So gefällst du mir schon besser«, sagte Eva. »Und vielleicht fing ja genau so der Streit zwischen Maren und ihrem männlichen Begleiter an. Später am Strand eskalierte dann alles und ...«

»Und was?«, vollendete Jürgen. »Du kannst dir hier noch so lange den Kopf zerbrechen, davon wird das Rätsel um diesen Ring nicht gelöst werden.«

»Und was schlägst du vor?«

»Mach das, was du am besten kannst.«

Neugierig sah sie ihn an.

»Ermitteln, was denn sonst. Angefangen hast du ja schon, als du bei mir in der Touristinfo warst. Und die Hotels haben auch nichts gebracht. Also musst du den Bogen größer spannen.«

»Du glaubst also auch, dass mehr dahinter steckt?« Endlich fühlte sie sich in ihren Überlegungen nicht mehr der Lächerlichkeit preisgegeben. Jürgen stieg auf ihren Verdacht, dass mehr dahinter stecken könnte, ein.

»Ich glaube erst mal, dass es dir sowieso keine Ruhe lassen wird. Also machen wir das Beste daraus. Im Moment gibt es für dich hier auf der Insel sowieso nichts zu tun, außer mit mir essen zu gehen.«

»Genau, und das ist verdammt schlecht für meine Figur.«

Jürgen sah sie eindringlich an. »Darauf falle ich jetzt nicht herein. Denn egal was ich zu deiner körperlichen Verfassung sage, es wird dir nicht gefallen.«

»Wo also soll ich anfangen?«, fragte Eva, ohne auf seine Bemerkung einzugehen.

»Na, das liegt doch auf der Hand. Wenn es hier keine Spur auf der Insel gibt, dann kannst du zum Beispiel bei den Standesämtern nachfragen. Das Datum der

Vermählung hast du ja. Und sogar den Vornamen der Braut.«

Genervt stieß Eva ihre Gabel in den Blumenkohl. Wieso war sie eigentlich nicht auf diese geniale Idee gekommen.

»He, ich habe dir doch nur das Wort aus dem Mund genommen«, feixte Jürgen, der ihre leichte Verärgerung bemerkt hatte.

»Weiß du eigentlich, wie viele Standesämter es in Deutschland gibt?«, fragte Eva und atmete tief durch. »Ich kann doch unmöglich bei jedem Einzelnen eine Anfrage starten.«

»Eine Mammutaufgabe, aber anders wird es wohl nicht gehen«, meinte Jürgen. »Es sei denn, du schränkst den infrage kommenden Radius ein wenig ein.«

»Verstehe. Wir gucken also erst einmal, welche Bundesländer hier auf der ostfriesischen Insel am meisten vertreten sind und dann frage ich dort an.«

»Zum Beispiel«, stimmte Jürgen zu. »Und aus meiner langjährigen Erfahrung in der Touristinfo kann ich dir versichern, dass Nordrhein-Westfalen eine Dependance auf Langeoog hat.«

»Dann werde ich mich morgen gleich mal an die Arbeit machen«, sagte Eva zufrieden. Sie streifte den Ring vom Finger und reichte ihm Jürgen, der sie irritiert ansah. »Steck ihn einfach mal an«, forderte Eva ihn auf, »damit ich mir ein Bild von dem Mann machen kann, der ihn getragen hat.«

Jürgen nahm den Ring und steckte ihn sich auf den rechten Ringfinger. »Er passt wie angegossen«, sagte er und hielt ihr seine Hand entgegen.

»Also ist der bisherige Besitzer in etwa einsneunzig groß«, stellte Eva fest.

»Oder er ist ein kleiner untersetzter Mann mit dicken fleischigen Fingern«, meinte Jürgen.

»Das glaube ich nicht«, erwiderte Eva. »Mit so einem hätte Maren sich niemals eingelassen.«

Trautes Heim

Er trug das Tablett mit dem liebevoll arrangierten Frühstück in den ersten Stock. Sie hatte noch geschlafen, als er aufgewacht war. Und so hatte er die Gelegenheit genutzt und war auf Zehenspitzen nach unten geschlichen, um sie zu überraschen.

»Guten Morgen Liebling«, sagte er und drückte ihr einen Kuss auf die Wange. »Ich hoffe, die Überraschung ist mir gelungen.«

Er stellte das Tablett auf die Bettdecke und reichte ihr eine frische Erdbeere.

»Es ist so ein schöner Morgen, mein Schatz. Wir sollten ihn genießen. Und später können wir vielleicht noch einen kleinen Ausflug machen.«

Er genoss die Stunden mit ihr. Noch nie hatte ihm eine Frau so viel bedeutet wie Maren. Und dabei war es nur ein glücklicher Zufall gewesen, dass sie sich in einer Großstadt getroffen hatten. Sie tauschten Adressen und Telefonnummern und bereits drei Monate später zog sie bei ihm ein.

»Ja Liebling, gerne können wir heute Abend zu deinem Lieblingsitaliener gehen«, sagte er versonnen. Es gab keinen Wunsch, den er ihr jemals abgeschlagen hatte, seitdem er sie kannte.

Nach dem Frühstück räumte er das schmutzige Geschirr in den Spüler. Dann räumte er noch das Wohnzimmer auf, indem er die Kissen aufschüttelte und die Stühle und Sessel an ihrem Platz zurechtrückte. Zufrieden ließ er seinen Blick wandern. Die vielen schönen Fotos. Mit Maren war ein Traum für ihn wahr geworden. Alle anderen Frauen, denen er bis dahin begegnet war, hatten mit einem Schlag nicht mehr existiert. Es war seine erste glückliche Beziehung, auch wenn er bereits dreiundvierzig war. Die Richtige hatte er bis zu dem Tag nicht getroffen gehabt. An jeder hatte er mit der Zeit etwas auszusetzen gehabt. Sei es, dass sie nicht richtig zuhörte, nicht ordentlich genug war oder auf einen gepflegten Umgangston achtete. Die perfekte Frau hatte er erst mit Maren getroffen. Und dafür war er unendlich dankbar.

Standesämter

Am nächsten Morgen wachte Eva verkatert auf. Für einen Moment hielt sie es für einen bösen Traum, dass sie bis tief in die Nacht hinein mit Jürgen in dem Lokal gesessen, debattiert und Wein getrunken haben sollte. Doch es schien wahr, denn neben ihr lag ein ausgestreckter Arm. Und es war nicht ihrer.

Vorsichtig drehte sie sich aus dem Bett. Und im nächsten Moment musste sie herzlich lachen. Das war nicht Jürgen, der da neben ihr lag. Es war ihr alter Teddybär, dem sie irgendwann einmal ein altes kariertes Hemd von sich angezogen hatte. Was für ein Glück dachte sie zufrieden und lief ins Bad.

Nach einem gemütlichen Frühstück, bei der sie die Tageszeitung studiert hatte, machte sie sich auf den Weg zur Inselpolizei. Sie hatte es sich angewöhnt, jeden Vormittag dort an die vier bis fünf Stunden zu verbringen, damit die Leute wussten, wann man sie dort antreffen konnte, wenn man ein Anliegen hatte. Doch es gab von Seiten der Insulaner nur wenig Gesprächsbedarf. Es passierte nicht viel, wozu man die Hüter des Gesetzes brauchte. Das Inselleben regelte sich von selbst. Und Eva fragte sich manchmal, warum man eigentlich auf die Idee gekommen war, hier wieder eine Polizeistation einzurichten. Vielleicht war der einzige Grund der, dass man den Touristen ein sicheres Gefühl vermitteln wollte, wenn sie hier Urlaub machten.

Und da Eva also die meiste Zeit in der kleinen Polizeistation mit Blick aufs Meer alleine verbrachte, hatte sie angefangen, Geschichten zu schreiben. Bisher hatte sie niemandem davon erzählt, dass sie ihren Laptop weniger zu Fahndungszwecken nutzte. Und wahrscheinlich würde man sie nur auslachen. Eine Polizistin, die sich im Dienst Geschichten mit Feen und Elfen ausdachte, traute man bestimmt keine ernsthafte Ermittlungsarbeit mehr zu. Nicht einmal Jürgen wusste von ihrem neuen Hobby.

Doch an diesem Morgen ging ihre Phantasie ganz andere Wege. Maren. Wer war Maren? Die Idee mit den Standesämtern war sicher ein erster Anhaltspunkt. Also tippte Eva den Suchbegriff »Standesamt Nordrhein-Westfalen« in die Suchmaschine. Mit den rund zwanzig größeren Städten und den dazugehörigen Gemeinden kam sie auf ein paar Hundert Adressen. Sollte sie die wirklich alle anrufen? Den Gedanken, einen weiteren Kollegen damit zu beauftragen, verwarf sie schnell wieder. Wie sollte sie diesen großen Aufwand erklären, der doch nur einem ihrer Hirngespinste geschuldet war. Vielleicht gab es ja gar keinen Grund für eine Ermittlung. Nein, ganz offensichtlich gab es keinen. Es gab kein Opfer, geschweige denn einen Täter. Es gab lediglich einen goldenen Ring. Und der reichte nicht als Rechtfertigung zur Verschwendung von Steuergeldern aus. Also blieb ihr wohl nichts anderes übrig, als noch einmal mit Jürgen zu sprechen, dachte sie belustigt. Sie klappte ihren Laptop zu und sah zufrieden aus dem Fenster.

»Ach, du schon wieder? Langsam wirst du mir unheimlich«, sagte Jürgen, als Eva die Tür zur Touristikinfo öffnete.

»Dir auch einen guten Morgen«, sagte Eva lachend. »Kopfschmerzen oder Kater?«

Jürgen schüttelte den Kopf. »Nein, mir geht es ausgezeichnet. Aber ich glaube kaum, dass du deswegen hier bist.«

»Teils teils. Aber du hast recht, ich bin noch aus einem anderen Grund als deinem Befinden hier. Ich brauche deine Hilfe.«

»Schon wieder? Wo gehen wir denn diesmal essen?«

Eva schüttelte den Kopf und setzte sich an den Besuchertisch. »Ich kann doch nicht jedes Mal mit dir essen gehen, das würde mein Budget sprengen. Aber du könntest etwas für mich erledigen.«

»Du machst es aber spannend«, meinte Jürgen und setzte sich zu ihr. »Soll ich uns gleich einen Kaffee machen?«

»Ja, das auch. Aber zuerst erkläre ich dir mal, worum es geht. Ich habe heute Morgen mal nach Standesämtern in NRW gegoogelt. Es gibt da ein paar Hundert Adressen, die ich unmöglich alle anschreiben oder anrufen kann.«

Skeptisch sah Jürgen sie an. »Klingt tatsächlich nach einem Fulltimejob.«

»Eben. Dafür fehlt mir die Zeit. Und ich kann auch niemanden daran setzen, das ist dir wohl auch klar.«

Fragend sah Jürgen sie an. »Du meinst doch wohl nicht etwa ...«

»Doch, eigentlich schon. Und schließlich war es ja auch deine Idee. Und außerdem hätte das auch noch einen weiteren Vorteil.«

»Ach ja?«

»Wenn du dort anrufst, also so als Mitarbeiter der Touristinfo, dann ist die Anfrage völlig unverfänglich. Du bist eben nur ein sehr engagierter Mitarbeiter, der einem Pärchen seinen Ring zurückgeben will. Das riecht dann überhaupt nicht nach Polizei. Verstehst du?« Eva zwinkerte ihm zu.

»Kein schlechter Gedanke«, musste Jürgen zugeben. »Das sieht dann so aus, als ob ich ein Fundstück dem rechtmäßigen Besitzer zurückgeben möchte. Und zwar aus reiner Nächstenliebe.«

»Ich sehe, wir verstehen uns«, sagte Eva.

»Wie immer«, stimmte Jürgen zu. »Aber ein Abendessen kostet es dich trotzdem.«

»Wir werden sehen«, sagte Eva. »Und jetzt hätte ich gerne den versprochenen Kaffee.«

»Das grenzt an menschlicher Ausbeutung«, sagte Jürgen und ging in den hinteren Bereich an den Kaffeeautomaten. Auf der einen Seite war er froh, jetzt mehr Zeit mit Eva verbringen zu können. Aber andererseits fragte er sich, ob das wirklich alles legitim war, was sie beide da jetzt vorhatten. Er führte die Touristinfo jetzt bereits seit über zehn Jahren und hatte keine Lust, seinen Job zu riskieren. Aber war es wirklich so schlimm, wenn er die Standesämter kontaktierte? Denn es stimmte ja, dass Eva einen Ring gefunden hatte. Und wenn alles wirklich ganz harmlos war, dann war es auch richtig, nach dem Besitzer zu suchen und das Fundstück zurückzugeben. Am Ende würde sich alles aufklären und durch seinen Einsatz machte er dann auch noch Werbung für die kleine Insel.

»Na gut, ich bin dabei«, sagte er mit ernster Mine, als er Eva ihren Kaffeebecher überreichte.

»Sehr schön. Dann gibt es bei Erfolg auch ein Gängemenü. Ich habe dir übrigens die Liste mit den Kontaktdaten vorhin schon per Mail geschickt. Das macht die Sache leichter.«

»Du warst dir da wohl ziemlich sicher, dass ich mitmachen würde«, stellte Jürgen fest.

»Wir ziehen das gemeinsam durch«, sagte Eva verschwörerisch. »Und wenn am Ende doch ein Verbrechen dahinter steckt, halte ich dich raus.«

»Das ist ja auch wohl das mindeste. Aber man wird doch meinen Namen haben, wenn ich die Standesämter kontaktiere.«

Eva verdrehte die Augen. »Glaubst du etwa, das habe ich nicht in meine Überlegungen mit einbezogen? Du wirst dich natürlich unter falschem Namen melden. Und du bist auf nicht auf Langeoog. Kapiert?«

Jürgen verstand nur noch Bahnhof. Sollte er jetzt auch noch zig Beamte anlügen? Das ging nun wirklich zu weit. Freundschaft hin oder her.

»Ich lüge doch nicht, wenn ich da anrufe.«

»Es bleibt dir aber nichts anderes übrig, wenn du nicht mit reingezogen werden willst.«

»Und du bist sicher, dass du bei der Polizei auf der richtigen Seite arbeitest?« Jürgen passte es nicht, dass er inkognito ermitteln sollte. Es passte nicht zu seinem

Naturell. Er war eine durch und durch ehrliche Haut. Wenn das rauskäme, hätte er bei den Insulanern für alle Zeit verschissen.

»Was ist? Machst du jetzt etwa nicht mehr mit?«, fragte Eva unsicher. Vielleicht war sie doch ein wenig zu forsch und siegesgewiss vorgegangen. Männer wollten gebauchpinselt werden. Wieder einmal war sie überzeugt, dass sich mit Frauen leichter Intrigen spinnen ließen. Aber in der kurzen Zeit, die sie hier auf der Insel war, hatte sie bisher zu niemand anderem so ein großes Vertrauensverhältnis aufgebaut wie zu Jürgen. Sie musste nehmen, was sie sich ihr bot.

»Doch doch«, sagte Jürgen. »Mitgehangen ... mitgefangen. Aber ich werde nicht lügen.«

»Okay, wir sollten da keine große Sache draus machen. Vielen Dank für den Kaffee, ich muss jetzt auch weiter.«

»Ach ja? Was hast du denn noch vor?«

»Ich muss nachdenken«, sagte sie lachend. »Wir sehen uns heute Abend beim Italiener. Dann will ich erste Ergebnisse haben.«

So verliebt

Die ersten Wochen ging Maren wie auf Wolken. Noch nie war es ihr so leicht gefallen, einem völlig fremden Menschen bedingungslos zu vertrauen. Sie telefonierten jeden Tag miteinander. Er schien ihr der aufmerksamste Mann, den sie jemals getroffen hatte. Nie vergaß er, sich bei ihr zu melden, wenn er es versprochen hatte. Und er vergaß auch nichts, was sie ihm erzählte. Jedes kleine Detail von ihr schien er wie ein Schwamm aufzusaugen. Es schmeichelte ihr, dass er nach ein paar Wochen alle ihre Freunde, Familienangehörigen und sogar Nachbarn mit Namen kannte, obwohl er sie noch nie getroffen hatte. Denn bei allem Interesse an ihrer Person zeigte er erstaunlich wenig Lust, die Menschen, die ihr wichtig waren, persönlich kennen zu lernen. Das könne man immer noch machen, hatte er wie beiläufig geantwortet. Man solle sich doch erst einmal aufeinander konzentrieren. Am Anfang war Maren ein wenig enttäuscht gewesen. Wäre es für sie doch ein großes Bedürfnis gewesen, mit so einem außergewöhnlichen Partner vor ihrer Familie zu glänzen. Doch so blieb es dabei, dass sie ihren Eltern nur am Telefon vorschwärmte von einem Mann, der ihr Herz im Sturm erobert hatte. Auch ihre Mutter war enttäuscht, dass sie den Mann, der ihre Tochter nach kürzester Zeit sogar aufforderte, doch bei ihm einzuziehen, noch nicht kennen gelernt hatte. Ihr Vater, der noch nie gerne aus dem Haus gegangen war, wenn es nicht unbedingt sein musste, war froh, seine Tochter in guten Händen zu wissen. Marens Freunde fanden sich irgendwann damit ab, dass sie nicht mehr in der Gegend wohnte und sich auch kaum noch meldete.

Sie hatte nur noch Augen für ihn. Und sie war für trübe Gedanken dann viel zu sehr damit beschäftigt, für sie beide ein gemeinsames Nest zu bauen. Er ließ ihr freie Hand und bot ihr sogar an, die komplette Einrichtung ganz nach ihren Wünschen umzugestalten. Doch das traute Maren sich natürlich nicht. Und es gab auch gar nicht so vieles, was ihr nicht an seiner Wohnung gefiel. Einzig das große Bild seiner Mutter, ein übergroßes Ölgemälde, das über dem Sofa im Wohnzimmer hing, bereitete ihr Unbehagen. Doch sie wusste nicht, wie sie ihm das erklären sollte, ohne seine Gefühle zu verletzen. Als sie sich das erste Mal auf der Couch liebten, während seine Mutter auf sie herabsah, sah Maren ihre Chance gekommen. Das Bild verschwand am nächsten Tag wie von Zauberhand im Keller. Es wurde nie wieder darüber gesprochen.

Eva und Jürgen im Ermittlungstaumel

Erwartungsvoll sah Eva Jürgen an, als sie sich am Abend bei ihrem Italiener trafen.

»Nun erzähl schon«, forderte sie, »wie ist es gelaufen?«

Jürgen zuckte mit den Schultern. »Ich hab es nicht geschafft, heute alle anzurufen. Und bisher leider Fehlanzeige. Es gibt keine Maren, die am fünften Mai letzten Jahres geheiratet hat.«

»Bisher meinst du wohl. Wir sollten die Flinte nicht allzu schnell ins Korn werfen.« Ein wenig Enttäuschung schwang in ihrer Stimme mit.

»Ich versuche es morgen weiter«, sagte Jürgen schnell. Doch auch ihn hatte der Enthusiasmus alsbald verlassen, als auch nach über dreißig Anrufen, bei denen er immer die gleiche Litanei heruntergebetet hatte, nichts herausgekommen war. »Auf jeden Fall wissen wir jetzt, dass die Leute gerne im Mai heiraten, denn die Verwaltungsbeamten stöhnten der Reihe nach auf, als ich mich erkundigte.«

»Ja, Wonnemonat Mai«, raunte Eva. »Und doch ist dieser für jemanden zum Verhängnis geworden.«

Sie bestellten sich jeder eine Pizza und hingen ihren Gedanken nach, während sie den Menschen hinterhersahen, die zum Strand liefen. Der Abend war noch früh und sie saßen in der noch wärmenden Sonne draußen auf der Terrasse.

Eva fragte sich, ob sie Maren vielleicht sogar schon einmal auf dieser Insel begegnet war. Es gab solche Zufälle, die erst im Nachhinein Bedeutung erlangten.

»Ist dir denn nicht vielleicht ein frisch verliebtes Paar aufgefallen?«, fragte sie plötzlich.

»Mir fallen andauernd verliebte Paare auf«, raunte Jürgen, der es selber bisher nicht geschafft hatte, die Frau fürs Leben zu finden.

»Na ja, ich meine schon ein bestimmtes Paar.«

»Maren, ich weiß. Aber sei mal ehrlich, woran hätte ich sie denn erkennen sollen?«

»Keine Ahnung. Aber bei den vielen Menschen, die hier täglich auf die Insel kommen gibt es doch immer welche, die besonders sind. Die sich anders benehmen oder auch nur aussehen. Nun denk doch mal nach.«

»Eva, also wirklich. Mach mal einen Punkt. Das könnte ich doch genauso gut dich fragen.«

»Schon. Aber ich bin noch nicht so lange auf der Insel. Ich habe mal gehört, dass sich Urlauber anders benehmen und dass die Insulaner dafür einen Blick entwickeln.«

»Mag sein. Aber auch wir können nicht erkennen, ob jemand in den nächsten Stunden einem Verbrechen zum

Opfer fällt. Da muss ich passen.« Entschuldigend schickte er einen Blick gen Himmel.

Eva hatte noch keine Lust, klein beizugeben. Viel zu sehr war sie in den Gedanken verliebt, hier ihren ersten großen Fall auf der Insel zu lösen. Sie wollte es allen zeigen. Besonders denen, die gemeint hatten, einer alternden Polizistin eins auszuwischen zu können, indem sie sie praktisch hinter den Mond versetzten.

»Ich werde dich morgen unterstützen«, sagte sie in versöhnlichem Ton. »Wir werden uns die Städte aufteilen, okay?«

»Hm ... meinetwegen. Aber stell dir das nur nicht so unterhaltsam vor, da stundenlang dieselben Fragen zu stellen.«

»Wenn ich Unterhaltung will, dann geh ich mit dir essen. So, und jetzt will ich keine Trauermine mehr sehen.« Sie stießen mit ihrem Chianti an.

Eva musste zugeben, dass sie die gemeinsamen Stunden mit Jürgen genoss. Sie fragte sich, warum sie sich so lange gesträubt hatte, mit ihm auszugehen. Er jedenfalls hatte vom ersten Tag an jede Gelegenheit genutzt, sie zu einer Pizza oder einem Kaffee einzuladen. Aus dem Augenwinkel heraus beobachtete sie, wie er aß. Sein

Gesicht hatte herbe Züge, was ihm einen ernsten Ausdruck verlieh. Und doch konnte er so zauberhaft lächeln. Das war ihr gestern erst wieder aufgefallen. Er war eine Mischung aus Terence Hill mit seinen blauen Augen und dem braunen Teint und ... ja, der andere fiel ihr gerade nicht ein, aber er spielte oft in schwedischen Filmen einen Bösewicht.

»Wieso bist du eigentlich Single«, fragte sie plötzlich und war selber überrascht.

»Bereitet dir etwa das die ganze Zeit Kopfzerbrechen?«, fragte er erstaunt.

»Nein ... nun ja, ich habe mir gerade den Mann vorgestellt, der hier mit Maren auf der Insel war. Es könnte ja jemand von deiner Statur sein, deshalb ...«, redete Eva sich heraus und spürte, wie ihr Röte ins Gesicht stieg.

»Du denkst also, ich bräuchte eine Frau?«

»He, das habe ich nicht gesagt.«

»Nun, wenn es dich beruhigt, ich bin nicht gerne Single. Aber die Richtige zu finden ist nicht so leicht. Und schon gar nicht, wenn man auf der Insel lebt.«

»Warst du denn schon einmal verheiratet?«

Jürgen schüttelte den Kopf. »Nicht mal verlobt«, sagte er. »Und du?«

Eva sah gedankenverloren Richtung Strand. »Für mich ist es besser, wenn ich alleine lebe«, sagte sie schließlich.

»Ich bin zu kompliziert, das hast du ja selber auch schon festgestellt.«

»Die Zeiten, wo Frauen schlicht und anpassungsfähig sein müssen, ist doch wohl vorbei«, meinte Jürgen. »Ich jedenfalls brauche eine Frau, mit der ich mich messen kann. Ich brauche die Herausforderung.«

»Die Liebe ist doch kein Ringkampf«, warf Eva ein. »Eigentlich sollte es doch harmonisch zugehen.«

»Wenn es zu harmonisch ist, dann stimmt da meistens was nicht«, meinte Jürgen. »Das habe ich bei meinen Eltern gesehen. Nie gab es Streit, immer schien alles in Ordnung. Bis wir dann eines Tages erfuhren, dass mein Vater meine Mutter all die Jahre geschlagen hat.«

Erschrocken sah Eva ihn an. »Oh, das tut mir leid. Wie ist es denn ausgegangen ... ich meine, hat eure Mutter euren Vater verlassen?«

»Nein. Sie ist gestorben. Es war der Krebs.«

Eva griff nach Jürgens Hand. »Mensch ... wie alt warst du da?«

»Da war ich bereits zwanzig«, sagte Jürgen und sein Gesicht verhärtete sich. »Auf dem Sterbebett hat sie mir anvertraut, was mein Vater für ein Schwein war.«

»Oh wie schrecklich«, sagte Eva.

»Ja, das kann man wohl sagen. Seitdem habe ich nie wieder ein Wort mit meinem Vater gesprochen. Und vielleicht ging es seitdem auch mit mir bergab. Vielleicht bin ich beziehungsunfähig. Mag sein, dass ich schon als Kind immer gespürt habe, dass da unterschwellig etwas ist … dass die Ehe meiner Eltern nicht so glücklich war, wie es immer den Anschein hatte. Auf jeden Fall … ach, lassen wir das Thema.« Er entzog ihr seine Hand, die sie noch immer gehalten hatte.

Sie fragte sich, ob dieser Abend ihrer zukünftigen Zusammenarbeit eher zuträglich oder schädlich sein würde.

Er wiederum hatte das Gefühl, zu viel von sich preisgegeben zu haben. Doch auf der anderen Seite war er froh. Endlich gab es jemanden, dem er wieder vertraute.

Am nächsten Morgen machte Eva sich ganz früh auf den Weg zur Polizeistation. Sie hatte Jürgen versprochen, ihm bei der Suche nach dem richtigen Standesamt zu helfen. Dafür hatte sie sich einen anderen Namen und eine ominöse Geschichte ausgedacht. Sie sei mit ihrer Schwester für ein paar Tage auf eine Insel gefahren und habe einen Ring gefunden. Sicher gäbe es jemanden, der diesen schon vermisste. Deshalb wolle sie ihn dem rechtmäßigen Besitzer gerne zurückgeben. Sie wunderte sich, wie leicht ihr dieses Lügenmärchen über die Lippen ging. Nein, es war noch mehr. Es machte ihr sogar Spaß.

Sie stellte fest, dass man mit anderer Stimme sprach, wenn man so unverfroren log.

Doch als die Sonne hoch am Horizont stand, war sie immer noch kein Stückchen weiter mit ihren Ermittlungen. Sie entschloss sich, zu Jürgen zu gehen. Doch auch da gab es keine positiven Neuigkeiten.

»Ich glaube, das bringt so nichts«, stellte Jürgen enttäuscht fest. »Wir sollten uns eine andere Strategie überlegen.«

Es gefiel Eva, dieses uns. Gab es ihr doch das Gefühl des unausgesprochenen Einverständnisses seinerseits, sich ihr zugehörig zu fühlen. »Du hast recht«, stimmte sie deshalb spontan zu, um diese warme Stimmung nicht zu zerstören. »Es hilft wohl nichts, ich muss im Rahmen meiner Möglichkeiten als Ermittlerin an die Sache ran.«

Erfreut nickte Jürgen. »Endlich siehst du es ein«, sagte er erleichtert. »Und mit deinem Polizeiapparat kommst du doch auch viel schneller an alle nötigen Daten heran.«

»Auch das«, nickte Eva. »Aber trotzdem solltest du deine Ohren und Augen weiter offenhalten.«

»Na klar«, stimmte Jürgen zu. Denn auch ihm war dieses Zusammenspiel mit ihr nicht unangenehm.

»Ich komm nachher nochmal vorbei, wenn ich alles in die Wege geleitet habe«, sagte Eva und verabschiedete sich von ihm.

Liebesnest

Die Tage und Wochen vergingen wie im Flug. Maren fühlte sich wie der glücklichste Mensch unter der Sonne. Er trug sie auf Händen. Er erfüllte ihr jeden Wunsch und las ihre geheimen Wünsche von ihren Augen ab. Konnte es noch etwas Schöneres auf Erden geben?

Nach ihrem Umzug in sein Haus hatte sie schnell eine neue Anstellung in einem kleinen Architektenbüro gefunden. Obwohl er immer meinte, sie bräuchte sich damit nicht zu beeilen. Es gäbe im Haus genug, womit sie sich die Zeit vertreiben könne. Sie glaubte ihm, dass er es gut mit ihr meinte. Denn wenn er zuhause war, erledigte er viele Dinge des alltäglichen Lebens. Am Anfang fiel es ihr nicht auf, doch eines Tages sah sie, dass ein Stapel frisch gewaschener Handtücher, die sie ins Bad gelegt hatte, neu sortiert worden war. Als sie ihn später darauf ansprach, hatte sie einen Schatten um seine Augen huschen sehen. Es sei nur der Farben wegen, hatte er gemeint und sofort wieder gelacht. Sie solle sich das nicht zu Herzen nehmen. Es sei nicht bös gemeint gewesen. Aber rote und schwarze Handtücher passten eben nicht zu grünen. Und so hätte er sie noch einmal neu aufgenommen. Sie merkte es sich. Schließlich wollte sie ihm gefallen. Und letztlich sprach es für seinen Geschmack, wenn er sich um solche Dinge, die für sie nie relevant gewesen waren bisher, überhaupt Gedanken machte. Bei ihr in der Wohnung hatten alle Handtücher in sämtlichen Farben wild durcheinander in einem großen Haufen gelegen. Sie nannte es gerne ihr kreatives Chaos. Jetzt hatte sie wohl endlich jemanden gefunden, der bei ihr für Ordnung sorgte.

Eines Abends, er war sehr spät von der Arbeit nach Hause gekommen, überraschte er sie mit einem großen Strauß roter Rosen. Sie ärgerte sich sofort, dass sie sich nicht umgezogen hatte, bevor er kam. Sie hatte an diesem Tag frei gehabt und den ganzen Tag im Jogginganzug auf dem Sofa verbracht und gelesen. Und dann stand er plötzlich da. Im schicken Anzug und diesem Traum von Blumen. Am liebsten wäre sie im Erdboden versunken oder schnell nach oben gerannt, um sich umzuziehen. Denn sie hatte seinen Blick gesehen, der zunächst sie und dann den Rest der Wohnung in Sekundenschnelle taxiert hatte. Er musste sie für eine unglaubliche Schlampe halten. Denn genauso fühlte sie sich in diesem Moment. Sie hatte versucht zu erklären. Dass sie die Zeit vergessen habe über einem guten Buch. Doch er wehrte ab. Natürlich solle sie es sich gemütlich machen, wenn sie mal frei habe, hatte er gesagt. Dabei lächelte sein Mund, während seine Augen wütend blitzten. Es war das erste Mal, dass Maren Angst bekam. Aber nur für einen kurzen Augenblick. Denn schon im nächsten Moment hatte er die Blumen auf den Tisch gelegt und sie fest in seine Arme genommen. Ich liebe dich, hatte er immer wieder geflüstert und dabei seine Hände unter ihr Sweatshirt geschoben. Noch auf dem Küchentisch hatte er sie im Anzug genommen.

Eva startet durch

»Ja hallo, hier ist Eva von der Insel«, lachte sie in den Hörer, als sie die Kollegen in Wittmund anrief. Nein, es gebe kein Opfer und auch kein Verbrechen, hatte sie schnell erklärt. Und doch sei da etwas mit einem Ring, das ihr keine Ruhe lasse. Ob denn nicht jemand von den Kollegen mal bei den Standesämtern in Nordrhein-Westfalen forschen könne. Sie erwähnte natürlich, dass sie selber bereits die Hälfte der Standesämter abtelefoniert hatte, um nicht mit den Lügen aufzufliegen. Doch jetzt, nun ja, sie müsse sich um einige andere Dinge kümmern, die deshalb liegengeblieben seien. Nachdem der Kollege am anderen Ende zugesagt hatte, gab sie ihm die Städte durch, die noch offen waren.

Dann machte sie sich auf den Weg zum Hundestrand, wo sie den Ring gefunden hatte. Er war voller Menschen, so dass sie sich kaum noch orientieren konnte, wo sie den Ring eigentlich entdeckt hatte. Sie setzte sich nach einem kurzen Rundgang auf eine Düne und sah aufs Meer. Dort malte sie sich aus, dass sie eine Geschichte um den Ring webte, die sich dann in Buchform reißend in der Inselbuchhandlung verkaufte. Sie hätte für den Rest ihres Lebens ausgesorgt und so hatte der Ring ihr Glück gebracht.

»Ist hier noch frei?«, riss sie eine männliche Stimme aus ihren Tagträumen. Sie hielt sich die Hand als Sonnenschutz über die Augen und sah auf. Sie kannte den Mann nicht, der sich jetzt einfach neben sie setzte. Geht's noch, dachte sie? »Kennen wir uns?«, fragte sie dann.

»Noch nicht«, sagte der Fremde und reichte ihr die Hand. »Mein Name ist Axel Weiland.«

Eva dachte gar nicht daran, ihm ihre Hand zu geben. »Und was verschafft mir das Vergnügen?«

»Sie haben recht«, sagte der Mann. »Es ist ein wenig dreist von mir, Sie hier einfach in Ihrer Ruhe zu stören, das gebe ich gerne zu. Aber es gibt einen Grund dafür.«

Eva wurde das Verhalten des Mannes immer unangenehmer. Er war groß, hatte dunkles Haar und nun ja, er sah verdammt gut aus. Aber rechtfertigte das automatisch ein rüpelhaftes Verhalten? Sie sagte nichts und starrte ihn weiter unverwandt an.

»Sie sind doch die Inselpolizistin hier, oder?«

Eva nickte.

»Ich habe etwas verloren, deshalb war ich vorhin bei der Polizeistation. Da sagte man mir, dass sie nur stundenweise dort anzutreffen wären. Angerufen habe ich auch, aber es nahm niemand ab.«

Automatisch griff Eva in ihre Hosentasche. Tatsächlich, sie hatte ihr Handy vergessen. Somit war die Polizei auf Langeoog zurzeit für niemanden erreichbar. Himmel, wenn sich das herumsprach. Fast musste sie dem Mann schon dankbar sein, dass er sie jetzt über ihr Versäumnis aufklärte.

»Was haben Sie denn verloren?«, fragte sie in versöhnlichem Tonfall.

»Meine Brieftasche«, sagte er. »Und somit praktisch mein ganzes Bargeld, meine Papiere und was man sonst noch alles darin verstaut.«

»Und Sie meinen, dass das eine Sache für die Polizei ist?«, fragte Eva. »Dann will ich mal gleich meine Spürhunde losschicken.«

Der Mann lachte auf. »Sie gefallen mir«, sagte er spontan. »Also, es könnte doch sein, dass jemand die Brieftasche findet und bei Ihnen abgibt. Und dann wäre ich Ihnen sehr dankbar, wenn Sie mich informieren könnten.«

»Kein Problem«, entgegnete Eva. »Haben Sie eine Karte mit Telefonnummer, wo ich Sie erreichen kann.«

»Leider nicht«, sagte er, »auch die waren in der verschwundenen Brieftasche. Aber ich wohne im *Logierhus*. Und meinen Namen haben Sie ja.«

Eva nickte. »Und könnte es auch sein, dass man Ihnen die Brieftasche gestohlen hat?«, fragte sie.

Axel Weiland überlegte kurz. »Das glaube ich eigentlich nicht. Im Normalfall achte ich sehr darauf.«

»Nun, das letzte Mal wohl nicht ...«, stellte Eva fest.

»Tja, ich verstehe das ehrlich gesagt auch nicht«, erwiderte er.

»Was machen Sie denn hier auf der Insel? Familienurlaub?« Eva wusste selber nicht, warum, aber sie wollte, wissen, ob er verheiratet war.

»Nein, ich habe keine Familie«, sagte der Mann. »Ich bin hier, weil ich mal ein Weltnaturerbe aus nächster Nähe betrachten wollte.«

Werde ich hier gerade veräppelt, fragte sich Eva. Stirnrunzelnd sah sie ihn an.

»Ich meine es ernst«, sagte er lachend. »Ich bin nämlich Biologe, wissen Sie. Und ich habe schon viel über die Nordsee gelesen, aber bisher war ich noch nie bis hier oben rauf gekommen.«

»Wo kommen Sie denn her?«

»Gebürtig bin ich Schweizer«, erklärte er. »Aber meine Eltern sind mit mir schon ins Ausland gezogen, da war ich erst zwei Jahre alt.«

»Da ist Ihnen aber ein äußerst unangenehmer Dialekt erspart geblieben«, stellte Eva spontan fest.

»Sie haben recht«, stimmte er ihr lachend zu. »Im Prinzip hatte ich nie Zeit, mir überhaupt eine Sprache zu eigen zu machen, da wir ständig auf Reisen waren. So wurde ich von privaten Lehrern unterrichtet, die einwandfreies Hochdeutsch sprachen ohne jegliche Färbung.«

Das Gespräch erstarb. Eva fiel nichts mehr ein, was sie darauf erwidern konnte. Sie kannte sich mit Diplomatenfamilien nicht sonderlich gut aus. Sie kam aus einfacheren Verhältnissen, wo man mitunter auch mal Gosse sprach.

»Ja, dann will ich Sie auch nicht weiter stören«, sagte Axel Weiland schließlich und erhob sich zum Gehen.

»Wenn ich etwas höre, melde ich mich bei Ihnen«, sagte Eva und sah ihm nach, als er in Richtung Inselmitte verschwand. Komisch dachte sie, die Menschen verlieren andauernd irgendetwas und immer öfter scheine ich damit in Berührung zu kommen. Verlorene Dinge, Ringe und Brieftaschen. Was will mir das Schicksal sagen?

Als es ihr schließlich zu warm wurde, erhob sie sich, und lief Richtung Polizeistation. Dort wurde sie bereits von Jürgen erwartet.

»Mensch Eva, wo steckst du denn?« Er rannte auf sie zu.

»Was ist los?«, fragte sie.

»Du bist nicht erreichbar, das ist los. Kein Mensch wusste, wo du warst. Und ans Telefon bist du auch nicht gegangen.«

»Ja, ich hab mein Handy im Büro vergessen, sorry. Ich war am Strand. Aber nun sag doch endlich, warum du mir deswegen jetzt so eine Szene machst.«

»Na, weil man Maren gefunden hat.«

»Was!«, rief Eva aus. »Und das sagst du erst jetzt?« Wütend funkelte sie ihn an.

»Ich wollte es dir ja schon eher sagen, aber ...«

»Schon gut. Komm, lass uns reingehen. Und dann erzählst du mir alles.«

Bis zum späten Nachmittag saß Eva mit Jürgen in der Polizeidienststelle. Ein Kollege in Wittmund hatte tatsächlich eine Maren aufgetan, die an dem besagten Tag im Mai geheiratet hatte. Sie wohnte in Emden und nach einigen Telefonaten zeigte sich, dass weder sie noch ihr Ehemann seinen Ring verloren hatte.

»Das war wohl nichts«, stellte Eva resigniert fest. »Es gibt sicher noch eine ganze Menge Frauen mit dem Namen.«

»Und dann hat sie auch noch an dem gleichen Tag geheiratet«, stimmte Jürgen mit matter Stimme zu.

»Genau. Und wir wissen ja nicht einmal, ob unsere Maren auch wirklich verheiratet war. Es könnte ja genauso gut ein Verlobungsring sein. Und das ist ja nicht in Standesämtern registriert. Ob wir uns da vielleicht in etwas verrennen?«

Skeptisch sah Jürgen sie an. »Wie sollen wir denn sonst noch nach ihr suchen? Also, mir fällt da keine andere Lösung ein.«

»Und wenn wir einfach eine Anzeige in der Zeitung aufgeben?«

»Hm ... ich weiß nicht. Vielleicht wirbeln wir damit mehr Staub auf, als uns lieb sein kann.«

»Wie meinst du das? Wir tun doch eigentlich nichts Schlimmes. Und du selbst hast gesagt, dass es vermutlich nur ein harmloser Verlust ist.«

»Ich weiß. Aber wenn doch mehr dahinter steckt, dann könnten wir den Verbrecher auch warnen, dass wir ihm auf den Fersen sind.«

»Aha. Du glaubst jetzt also doch auch an meine Theorie, dass unserer Maren etwas zugestoßen sein muss«, fragte Eva neugierig.

Jürgen zuckte mit den Schultern. »Ausschließen kann man's ja nicht.«

Zufrieden grinste Eva vor sich hin. »Wollen wir zusammen irgendwo zu Abend essen?«, fragte sie und Jürgen trottete hinter ihr her.

Schließlich kehrten sie in der kleinen Pizzeria ein. Bei einem Chianti ließ es sich doch viel besser ermitteln, hatte Eva gemeint. Sie liebte Salamipizza mit doppelt Käse, und Jürgen sah ihr amüsiert dabei zu, wie sie diese mit großen Bissen verschlang.

»Ich habe noch nie eine Frau gesehen, die so gerne isst«, sagte er.

»Denkst du, ich esse zu viel?«, fragte Eva erschrocken und tupfte sich mit der Serviette über die Mundwinkel.

»Nein. Um Himmels willen verstehe mich nicht falsch. Aber die meisten Frauen essen doch so gut wie gar nichts, wenn sie in Restaurants gehen.«

»Na ja, wenn ich nicht in Restaurants esse, bekomme ich ja praktisch gar nichts mehr, weil ich zuhause einfach keine Lust aufs Essen und zum Kochen schon gar nicht habe. Alleine macht das doch keinen Spaß.«

»Da ist was dran«, stimmte Jürgen zu. »Bei mir gibt es zuhause auch nicht viel.«

»Komm jetzt nicht auf den Gedanken, mir eine WG anzubieten«, warnte Eva lachend. »Denn dann platze ich vermutlich wirklich bald aus allen Nähten.«

»Du übertreibst mal wieder maßlos. An Frauen muss doch was dran sein.«

»Das sagen alle Männer, aber dann gehen sie mit schlanken Frauen aus.«

»Also ich nicht …«

»Na, vielen Dank auch.«

»Wie man's macht, macht man's verkehrt«, maulte Jürgen.

Sie prosteten sich lachend zu. Für ein paar Stunden konnten sie die Zeit auch ohne Maren genießen.

Einfach glücklich sein

Das erste Mal, dass Maren sich fragte, ob sie wirklich die richtige Entscheidung getroffen hatte, als sie so schnell ihre Wohnung aufgab, passierte nach etwa einem halben Jahr. Sie kam von der Arbeit nach Hause. Und er war schon da.

»Wo bist zu gewesen?«, fragte er in bösem Ton.

»Bei der Arbeit, das weißt du doch«, hatte sie ängstlich geantwortet. »Aber warum bist du eigentlich schon zuhause?« Er hatte nicht mehr geantwortet, sondern zugeschlagen. Mit der ganzen Hand auf den Tisch, so dass ihre Vase mit einem bunten Strauß Blumen umgekippt und das Wasser sich über die bunte Decke geschlängelt hatte.

Erschrocken war Maren zurückgewichen. War das wirklich der Mann, in den sie sich Hals über Kopf verliebt hatte? Er sah ihre Angst.

»Es tut mir leid«, hatte er schnell gesagt, hatte die Blumen und die Vase genommen und war damit in die Küche gelaufen. Dann hatte er die nasse Tischdecke abgenommen und ins Bad gebracht. Maren hatte in diesem Moment das Gefühl gehabt, gar nicht mehr zu existieren für ihn. Als das ganze Dilemma beseitigt war, kam er auf sie zu, nahm sie in den Arm und küsste sie auf den Hals. Sie hatte es geschehen lassen. Konnte sich gar nicht wehren. War steif gewesen wie ein Stock. Es war ihr eiskalt.

»Ich wollte dich nicht erschrecken«, sagte er, als er sie sanft ins Wohnzimmer schob und auf die Couch drückte. »Ich habe mir doch nur Sorgen gemacht, als du nicht da warst. Und natürlich weiß ich, dass du bei der Arbeit warst, wo solltest du denn sonst sein? Doch du bist das Wichtigste für mich, deshalb möchte ich dich beschützen.«

Aber wovor?, hatte Maren fragen wollen. Doch ihre Stimme hatte versagt. Sie konnte kaum noch atmen, als er ihr nach und nach die Kleider auszog. Dann liebte er sie, als ob sie gar nicht da wäre.

Am nächsten Morgen war alles wie immer gewesen. Er war zuvorkommend und lieb zu ihr. Maren versuchte, den Vorfall vom Vortag zu vergessen. Und vielleicht stimmte es ja auch, dass er sich nur Sorgen gemacht hatte. War es nicht so gewesen, dass ihre Mutter sich immer beklagt hatte, dass ihr Vater sich nie um sie gekümmert hatte? Also, davon konnte bei ihr doch nun wirklich keine Rede sein. Sie hatte jetzt einen Mann an ihrer Seite, der sich jede Minute um sie sorgte. Immer wissen wollte, wo sie war, was sie tat und was sie dachte. War das denn jetzt plötzlich falsch? Es gab sicher viele Frauen, die sie um diesen Mann beneideten, wenn sie unterwegs waren. Warum also konnte sie sich nicht einfach freuen? Sie beschloss, von nun an alles richtig zu machen. Er sollte keinen Grund mehr haben, sich um sie zu sorgen. Und dann würde er ja auch nicht mehr böse sein.

Inselalltag

Eva hatte lange geschlafen und sah jetzt auf ihren Wecker. Es war kurz nach neun. Der Sonntag fing schon träge an. Und da sie auf der Insel alleine für Recht und Ordnung sorgte, konnte sie ja kaum zwischen Arbeit und Freizeit unterscheiden. Im Prinzip unterschied sich ja auch gar nichts mehr. Sie war für Menschen, die die Polizei brauchten, immer einsatzbereit. Doch so oft kam das ja nicht vor. Also fühlte sie sich, als habe sie ständig frei, obwohl sie immer im Einsatz war. Während sie so über ihr Inselleben, dass sie völlig aus Zeit und Raum hinauskatapultiert hatte, nachdachte, plätscherte der Sonntag dahin. Irgendwann schlief Eva sogar wieder ein und erwachte erst, als eindringlich an ihrer Haustür geklingelt wurde. Da sie in einen tiefen Schlaf gesackt war, hatte sie große Mühe, überhaupt zu sich zu kommen. War etwas passiert? Und wenn ja, warum lag sie noch im Bett? Sie rieb sich die Arme, die ihr eingeschlafen waren. Mühsam kroch sie aus den Federn, zog sich ihren Bademantel über und schlurfte zur Tür.

»Ach du bist's«, sagte sie matt, als sie geöffnet hatte. Vor ihr stand Jürgen.

»Du liegst noch im Bett?«, fragte er.

»Ich habe frei ...«

»Aber wir waren zum Frühstück verabredet. Hast du das etwa vergessen?«

»Offensichtlich ... entschuldige.«

»Dann wird es jetzt wohl ein Mittagessen«, sagte Jürgen und setzte schon einen Fuß ihren Flur, um einzutreten. Doch Eva drückte ihn sanft zurück.

»Du heute nicht. Ich hab irgendwie schlecht geschlafen.«

»Das ist jetzt aber nicht dein Ernst«, sagte er und trat widerwillig zurück.

»Doch, ich fürchte ja. Ich muss nachdenken.« Eva schloss die Tür und drehte den Schlüssel zweimal um. Dann lugte sie durch das Seitenfenster und sah, wie Jürgen zwischen den Häusern verschwand. Es war ihr egal, was er jetzt über sie dachte.

Sie lief ins Bad und stellte sich unter die heiße Dusche. Doch irgendwie wollten auch wohl ihre Lebensgeister heute nicht geweckt werden. Was war nur mit ihr los? Sie fühlte sich schlapp. Und dabei hatte sie am gestrigen Abend nicht einmal übermäßig viel gegessen oder getrunken. Sie war einfach auf dem Sofa bei einem Fernsehkrimi eingeschlafen und dann gegen elf ins Bett getapert. Doch so, wie sie sich jetzt fühlte, das war neu. Und es tat ihr nicht gut. Und Jürgen offensichtlich auch nicht. Ob es ihr unterbewusst gegen den Strich ging, dass sie immer mehr Zeit miteinander verbrachten, ohne dass Jürgen größere Annäherungsversuche startete? Er hatte ihr ja mehr als deutlich gezeigt, dass er sie mochte. Und vielleicht hatte er gar mehr als nur platonische Freundschaft im Sinn gehabt. Wenn dem so war, dann hatte sie ihm diese Flausen ja nur zu deutlich gleich bei ihrer ersten Zeit auf der Insel aus dem Kopf getrieben, indem sie ihm die eiskalte Schulter zeigte. Doch sie musste zugeben, dass ihr sein anfängliches Interesse sehr geschmeichelt hatte. Und es war doch auch nicht normal, dass eine Inselpolizistin und ein alleinstehender Mann so viel Zeit miteinander verbrachten und sich nichts dabei dachten. Sie waren doch nicht geschlechtsneutral. Und dass er so schnell aufgegeben hatte, ärgerte sie insgeheim. Eva hatte gespürt, dass man hinter vorgehaltener Hand tuschelte. Gerade auf einer kleinen Insel wie Langeoog, auf der nicht einmal Autos fuhren, bekam doch jeder mit, was der andere tat. Gerade im Winter war ihre Anwesenheit als neue Polizistin sicher das gefundene Fressen gewesen. Ehefrauen nahmen ihre Männer noch enger an die Leine, da Eva Single war. Und Frauen, die alleine lebten, sahen in ihr eine Konkurrenz bei der Jagd auf die letzten frei zur Verfügung stehenden Exemplare.

Ihre Haut war schon ganz aufgeweicht, als sie endlich aus der Dusche stieg. Sie rubbelte sich ab und cremte sich mit ihrer Lieblingslotion ein, die nach Lavendel duftete. Ausgerechnet Lavendel, der Duft betagter Damen, dachte sie grimmig. Sie musste sich unbedingt etwas Neues zulegen. Sicher würde dann auch Jürgen noch einmal einen neuen Anlauf nehmen, wenn es bei ihr nicht mehr wie in der Mottenkiste roch.

Sie kochte sich einen Kaffee, schmierte sich ein Käsebrot und lümmelte sich damit auf die Couch im Wohnzimmer. Hoffentlich passiert bald mal was auf der Insel, dachte sie, als sie sich durchs Fernsehprogramm zappte. Die Aufklärung eines komplizierten Mordfalls könnte ihr Ansehen auf der Insel gewiss enorm steigern. Aber wen sollte es erwischen? Vielleicht den Wirt der Inselkneipe? Aber ohne ihn würde etwas fehlen. Nein, das konnte sie ihm nicht antun. Aber wie wäre es zum Beispiel mit einem Touristen in der Silvesternacht? Irgend so ein unsympathischer Mann aus dem Rheinland. Es könnte doch sein, dass er mit seiner Geliebten Silvester feiert und seine Frau setzt einen Killer auf ihn an. Und sie, Eva, würde den Fall im Handumdrehen aufklären, weil Eifersucht das älteste Motiv der Welt war. Ein genialer Gedanke. Doch sie wusste natürlich, dass von alldem, was sie sich in ihrer Phantasie ausmalte, nichts dergleichen geschehen würde. Noch in tausend Jahren würde sie hier mit Jürgen über verlorene goldene Ringe grübeln, während auf dem Festland das Leben tobte.

Endlich waren ihre Gedanken wieder bei Maren. Eva schaltete den Fernseher aus und holte den Ring aus der Schublade ihres Schreibtisches. Es war aber auch zu komisch, dass niemand nach dem Ring suchte. Und mittlerweile hatte Eva die Hoffnung aufgegeben, dass man Maren über die Standesämter finden würde. Und sie konnte ja auch nicht sämtliche Behörden in ganz Deutschland auf die Suche schicken. Zweifellos würde ihr das selbst auf der kleinen Insel zu Ruhm verhelfen. Aber eher in die Richtung, dass eine völlig übergeschnappte Polizistin einem Phantom hinterherjagte. Was Jürgen jetzt wohl machte? Sicher war er stinksauer auf sie, weil sie ihn an der Tür so hatte abblitzen lassen. Ob sie ihn anrufen sollte? Plötzlich verspürte sie nämlich große Lust, sich mit jemandem zu unterhalten. Aber Jürgen war ja nicht ihr Spielzeug, ihr Pausenclown.

Eva steckte sich den Ring an den rechten Mittelfinger und schloss die Augen. Sie malte sich ein glückliches Pärchen aus, das sich am Strand vergnügte. Ein Bild, das sie schon allzu oft strapaziert hatte. Immer wieder blieb es an der gleichen Stelle hängen. Sie kam einfach nicht weiter.

Ob man doch eine Anzeige in der Zeitung aufgeben sollte, wie Jürgen vorgeschlagen hatte? Ach, das würde auch nichts bringen. Der Zeigefinger ihrer linken Hand führ um den goldenen Ring herum, als riebe er an Aladins Lampe. Dann klingelte ihr Telefon. Eva schlug die Augen auf und nahm ab.

»Eva hier«, sagte sie nur.

»Störe ich?«, kam es vom anderen Ende.

»Wer ist denn da?«

»Hier ist Axel Weiland«, erklärte die Stimme. »Ich wollte Ihnen nur sagen, dass ich meine Brieftasche wieder habe.«

»Oh, jetzt erinnere ich mich«, sagte Eva und richtete sich auf. »Das freut mich ja für Sie.«

»Ja, wie gesagt, ich wollte nicht stören. Aber ich dachte, es würde sie interessieren, da Sie ja auch angeboten hatten, die Augen offen zu halten. Und damit Sie nicht mehr unnötig suchen ...«

»Schon okay«, sagte Eva schnell und horchte. Ob er sie noch zu einem Kaffee einlud, wenn er ihr schon den Sonntag vermasselte?

»Was machen Sie denn gerade? Ich hoffe, diese Frage ist nicht zu aufdringlich«, sagte er.

»Ach, ich habe frei«, sagte Eva schnell und spitzte die Ohren. Nun mach schon, dachte sie.

»Oh, dann könnten wir ja vielleicht auch einen Kaffee zusammen trinken, was meinen Sie?«

Bingo. »Ja, gerne«, sagte Eva ein bisschen zu schnell. »Wie wäre es mit dem Café an der Strandpromenade?«

»Ich bin gleich dort.« Axel Weiland verabschiedete sich und legte auf.

Wie von der Tarantel gestochen sprang Eva vom Sofa. Wie sah sie eigentlich aus? Was sollte sie anziehen? Ihre Haare standen wild vom Kopf ab, da sie diese nicht einmal durchgekämmt hatte nach dem Duschen. Sie rannte ins Bad und sah in den Spiegel. Eine Katastrophe auf zwei Beinen. Sie feuchtete ihre Hände an und fuhr sich damit durch ihre wilden Locken. Wofür machte sie sich hier eigentlich zurecht? Wenn sie mit Jürgen verabredet war, machte sie sich doch auch keine Gedanken. Plötzlich empfand sie ihr Verhalten einfach nur noch lächerlich und auch gemein. Ob sie Axel Weiland einfach versetzen sollte? Sie war ihm doch nichts schuldig. Sie kannte ihn ja nicht einmal. Auf der anderen Seite ging es hier nur um eine Tasse Kaffee. Sie fuhr sich noch einmal durchs Haar, schnitt sich eine Grimasse und lief ins Schlafzimmer, um sich anzuziehen. Eine Jeans und ein einfacher blauer Pullover, fertig. Und Schluss mit dem Gedankenchaos.

Maren

Sie drehte sich vor dem Spiegel hin und her. Er hatte ihr ein neues schwarzes Etuikleid geschenkt, das sie an diesem Abend tragen sollte. Dazu passe doch ihre echte Perlenkette ganz besonders, hatte er gemeint und ihr dabei zugelächelt. Und ja, er hatte recht. Sie war schön. Sie fühlte sich wie Audrey Hephurn in Frühstück bei Tiffany. Eigentlich fehlten ihr jetzt nur noch ein paar elegante lange schwarze Handschuhe. Als sie sich vor dem großen Spiegel betrachtete, stand er plötzlich hinter ihr und legte ihr die Perlen um den Hals.

»Du bist die schönste Frau, die ich kenne«, sagte er im Flüsterton. Dabei streichelte er ihr über die nackten Schultern. »Du gehörst mir«, sagte er.

Es war nicht das erste Mal, dass er so etwas sagte. Doch mittlerweile machten Maren solche besitzergreifenden Aussagen Angst. Automatisch zuckte sie zusammen.

»Was ist mein Liebling«, säuselte er ihr ins Ohr und küsste sie auf den Nacken. Dabei hielt er ihre Arme fest im Griff, so dass sie sich kaum noch bewegen konnte. Nur zu gerne hätte sie sich jetzt aus seinen Armen befreit. Sie bekam fast keine Luft mehr. Sein Kuss fühlte sich eiskalt an auf ihrer Haut. Sie spürte, dass sich eine Gänsehaut bildete. Das alles ließ ihn völlig unberührt. Vermutlich turnte es ihn sogar noch an. Denn sie spürte an seinem Atem, der jetzt stoßweise ging, dass er in Stimmung kam. Und das war das Letzte, wonach ihr jetzt der Sinn stand.

»Ich glaube, wir müssen jetzt los«, sagte sie mit zittriger Stimme und versuchte, sich zu ihm umzudrehen. Doch sie hatte keine Chance gegen diesen Mann, der sie um mindestens einen Kopf überragte. Und so schleifte er sie hinüber zum Bett.

Jürgen ist verwirrt

Unruhig lief Jürgen in seiner Touristeninfo auf und ab. Jetzt war es bereits der zweite Tag, an dem Eva sich nicht mehr bei ihm blicken ließ. War das nicht ein bisschen albern? Was hatte er denn Schlimmes gesagt oder getan? Aber sie war schon komisch drauf gewesen am Sonntag, als er sie mittags aus dem Bett geklingelt hatte. Ob es ihr wirklich nicht gut ging? Auf jeden Fall hatte er jetzt keine Lust mehr auf diese Kindereien. Entschlossen sperrte er die Touristinfo ab und lief in Richtung Inselpolizei. Vor der Tür traf er auf den Postboten, der etwas durch den Briefschlitz steckte.

»Ist Eva nicht da?«, fragte Jürgen.

»Ne, hat mich auch schon gewundert«, antwortete der Bote. »Aber heutzutage macht die Polizei ja, was sie will.« Damit schwang er sich wieder auf sein Fahrrad und radelte davon.

Komisch dachte Jürgen. Natürlich stimmte es, dass Eva nicht immer in der Dienststelle anzutreffen war. Aber er hatte keine Lust, sie anzurufen. Was es jetzt zu besprechen gab, das ging einfach nicht am Telefon. Also lief er weiter zu ihrer Wohnung. Als ihm dort auch nach fünf Minuten nicht geöffnet wurde, schlenderte er zum Strand. Oft saß Eva ja in den Dünen und ... tja, was trieb sie da eigentlich immer? Jürgen musste sich eingestehen, dass er noch gar nicht so viel von der Frau wusste, die seit fast einem halben Jahr auf der Insel war. Wo kam sie eigentlich her? Warum hatte sie so wenig Kontakt zu ihrer Familie? Es war noch nie jemand auf die Insel gekommen, um sie zu besuchen. Das war doch eigentlich nicht normal. Er hätte sich eher vorstellen können, dass viele Freunde und Verwandte die Gelegenheit genutzt hätten, um ein paar Tage auf der schönen Insel zu verbringen, wenn man schon bei Eva eine kostenlose Übernachtungsmöglichkeit hatte. Aber nichts dergleichen geschah. Immer schlich Eva alleine über die Insel, war mürrisch oder auch nicht erreichbar. Genau wie jetzt.

Als Jürgen beim Hundestrand ankam, hatte sich eine größere Menschenmenge am Wasser versammelt. Er konnte noch nicht erkennen, was sie dort machten. Aber er hörte Wortfetzen, die nichts Gutes verhießen. Irgendetwas war an Land getrieben worden. Und dann, als er näher kam, hörte er, wie jemand vorschlug, die Polizei zu holen.

»Lassen Sie mich mal durch«, sagte Jürgen und drängte sich durch die vielen Arme und Beine.

»Wer sind Sie?«, fragte ihn jemand von der Seite und stieß ihn an. Es war offensichtlich ein Tourist, wie sich unschwer an der bunten Bekleidung ausmachen ließ.

»Ich leite die Touristinfo«, antwortete Jürgen. »Was ist denn hier los?«

»Da ist jemand im Boot«, sagte der Mann. »Vielleicht ist sie tot. Wir haben schon versucht, die Polizei anzurufen, aber da meldet sich niemand.«

Jürgen wusste nicht, warum, doch sein Herz machte, einen Satz. So, als spürte er genau, wen er da gleich im Boot vorfinden würde. Und er hatte wahnsinnige Angst davor, seine Ahnung bestätigt zu bekommen. Er schlich sich weiter heran an den Strand. Als er am Wasser ankam, sah er Eva. Jemand machte sich an ihr zu schaffen. Versuchte, sie aus dem Boot zu ziehen. Doch sie war zu schwer. Ihm fiel doppelt Käse ein. Lange Abende mit Eva und einem Chianti. Sein Puls raste. Er bahnte sich den Weg zum Boot, stieß Frauen und Männer zur Seite.

»Gehen Sie weg«, herrschte er den Mann an, der an Eva zerrte. Ihr Gesicht war leichenblass, die Lippen von der Sonne und der salzigen Luft ausgetrocknet und aufgesprungen. Er hielt den Atem an und seine Gefühle zurück. Noch war doch nichts entschieden. Sie musste ja nicht tot sein. Das durfte sie einfach nicht sein. Er beugte sich über das Boot. Suchte an ihrem Arm nach einem Puls.

»Das habe ich auch schon gemacht«, sagte der Mann, der vor ihm zurückgewichen war. »Sie lebt noch.«

»Dann tun Sie doch was, rufen Sie einen Krankenwagen!«, herrschte Jürgen den Mann an.

»Das haben wir doch schon gemacht«, verteidigte sich der Mann. »Der Notarzt muss gleich hier sein.«

Jürgen streifte seinen Pullover über den Kopf und legte ihn in Evas Nacken. Plötzlich röchelte sie leise. Dann hustete sie schwach.

»Eva«, sagte er, »ich bin's Jürgen. Kannst du mich hören?«

Er streichelte über ihr Gesicht. Sie schlug die Augen auf, um sie sofort wieder zu schließen wegen der grellen Sonne.

»Wo bin ich?«, flüsterte Eva. »Was ist hier los?«

»Ruhig, ganz ruhig«, sagte Jürgen, dem mehr als nur ein Stein vom Herzen gefallen war, weil sie noch lebte. »Gleich werden die Sanitäter hier sein und sich um dich kümmern.«

»Ich versteh das alles nicht«, sagte Eva. Sie lehnte sich zurück.

»Es wird sich alles aufklären«, versprach Jürgen. Dann trafen die Rettungssanitäter ein.

Sie hoben Eva, nachdem sie einen ersten Eindruck gewonnen hatten, aus dem Boot. Offensichtlich war sie körperlich unversehrt. Sie legten sie auf eine Trage und reichten ihr Wasser.

»Was ist mit Ihnen passiert?«, fragte der Notarzt, der ihr ein Stethoskop auf den Brustkorb gedrückt hatte und horchte.

»Keine Ahnung«, sagte Eva und zuckte mit den Schultern. »Ich weiß es wirklich nicht. Warum war ich auf dem Boot?« Hilfesuchend sah sie sich nach Jürgen um, der gleich hinter dem Arzt stand.

»Soweit scheint alles in Ordnung zu sein«, stellte der Arzt fest. »Aber ich würde Sie doch ganz gerne ein paar Tage unter Beobachtung stellen auf dem Festland.«

»Das kommt gar nicht in Frage«, sagte Eva resolut. Ganz die Alte stellte Jürgen erleichtert in Gedanken fest. »Mir fehlt nichts und ich will nach Hause in meine Wohnung.«

»Das geht dann aber nur auf eigene Gefahr«, mahnte der Arzt.

»Das geht es doch immer, egal was man macht«, sagte Eva und rappelte sich von der Trage hoch. Sie hielt Jürgen einen Arm hin. »Er wird mich nach Hause begleiten und auf mich aufpassen«, sagte sie, und Jürgen nickte stumm.

»Nun sag doch endlich, was passiert ist?« Jürgen hielt im Schritt inne, als sich die beiden ein wenig von der Gruppe entfernt hatten.

»Was soll schon passiert sein«, sagte Eva in gespielter Gleichgültigkeit. Sie hatte jetzt noch keine Lust, ihm von ihrem Reinfall mit diesem Axel Weiland zu berichten. Total peinlich. Sie, die alternde Polizistin ging einem schönen Jüngling ins Netz. Aber in welches Netz denn eigentlich? Was hatte er überhaupt von ihr gewollt. Ihr brummte der Schädel. Das Letzte, woran sie sich mit Sicherheit erinnerte war, dass sie sich wie ein Teenager aufgebrezelt hatte. Oh Gott, wenn das Jürgen erfuhr. Er würde sich nicht wieder einkriegen vor Lachen und ihr das Malheur ein Leben lang vorhalten. Doch so wie er sie jetzt ansah, machte er sich wirklich Sorgen. Sie war schon verdammt gemein zu ihm, musste sie zugeben.

»Ich finde das nicht gut, Eva. Du verschweigst mir etwas, aber ich möchte dir doch nur helfen.« Jürgen setzte schon zum Weitergehen an.

»Du, es tut mir leid. Lass uns zu mir nach Hause gehen und dann erzähle ich dir alles haarklein«, sagte sie. Doch was sie eigentlich erzählen wollte, war ihr selber noch nicht klar, denn sie wusste doch auch nicht, wie sie in das Boot aufs offene Meer geraten war. Was führte dieser Axel Weiland im Schilde? Wollte er sie am Ende umbringen? Hatte er gehofft, dass sie von der Insel abtrieb und verdurstete? Doch das war ja lächerlich bei dem Touristenstrom. Es musste ihm klar sein, dass sie entdeckt würde. Also könnte es sich um einen Denkzettel handeln. Und auch zu dem Warum zu dieser Theorie fiel ihr beim besten Willen nichts ein.

Stumm liefen sie weiter, bis Eva ihren Schlüssel aus der Jacke zog und ihre Haustür aufschloss.

»Darf ich noch mit reinkommen, oder soll ich lieber gehen?«, fragte Jürgen.

»Bitte komm mit rein«, bat Eva. Sie hatte ihn wohl tiefer verletzt, als sie gedacht hatte.

In der Wohnung war es kalt. Oder fror sie nur so, weil ihr etwas zugestoßen war? Etwas Unheimliches? Oder doch eher bedrohlich? Sie ging ins Bad und bat Jürgen, einen Kaffee anzusetzen. Als sie die Tür hinter sich schloss, liefen die ersten Tränen. Sie wusste selber nicht, warum sie eigentlich weinen musste. Sie war doch sonst nicht so sentimental. Und nein, da hatte niemand versucht, sie umzubringen. Dann hätte er es cleverer angestellt. Vielmehr wollte er ihr eine Lektion erteilen, davon war sie mehr und mehr überzeugt. Aber warum? Was hatte sie getan oder gar entdeckt? Sie streifte ihre Sachen ab, die nach Salz rochen. Plötzlich ertrug sie diese nicht mehr auf ihrer Haut. Sie ertrug gar nichts mehr, was sie an die letzten Stunden erinnerte. Und so schlüpfte sie schnell unter die Dusche und ließ heißes Wasser auf sich prasseln.

Die Lebensgeister kehrten zurück. Der Geruch veränderte sich. Sie konnte wieder freier atmen. Sie rieb sich mit ihrem Duschgel ein, das nach herbem Moschus roch. Sie liebte diesen Geruch, und da sie keinen Mann im Haus hatte, der diesen verströmte, nutzte sie ihn einfach selber. Ihre Hände verhakten sich ineinander, drehten sich und rieben wieder über ihre Arme. Aber halt! Etwas war anders. Sie hielt ihre Hände unter das fließende Wasser. Der Schaum perlte ab. Der Ring, er war nicht mehr da. Erschrocken spulte Eva die letzten Stunden in Gedanken zurück. Wie sie mit dem Ring im Wohnzimmer gesessen hatte. Auf der Suche nach einer Antwort, wer Maren sei. Doch, sie war sich sicher, den Ring an ihren rechten Mittelfinger gesteckt zu haben. Und jetzt war der Ring weg. Ob Axel Weiland es genau darauf abgesehen hatte? All diese Umstände mit ihr, dem Boot und dem versuchten Mord nur wegen dieses Ringes? Dann musste doch verdammt viel mehr dran sein. Und dann steckte ein Verbrechen dahinter. Schnell stieg Eva aus der Duschwanne, rubbelte sich halbherzig ab und schlüpfte in ihren Pyjama, der an dem Haken der Tür hing. Dann lief sie, ein Handtuch um den Kopf geschlagen, zu Jürgen in die Küche.

»Der Ring ist weg«, sagte sie nur und setzte sich zu ihm.

»Bist du sicher?«

»Ja, absolut. Das muss der Grund sein, warum der Weiland versucht hat, mich umzubringen.«

»Wir müssen etwas unternehmen.«

»Sehe ich auch so.«

Schweigend tranken sie dann ihren Kaffee und sahen in den Abendhimmel.

Dinner zu zweit

Sie hatte sein Lieblingsmenü zubereitet. Lamm und fein püriertes Erbsengemüse. Dazu Kartoffeln der frischesten Ernte aus dem Umland. Gerne öffneten sie auch einen Beaujolais oder Chardonnay dazu. An diesem Abend entschied sie sich für einen neuen Rosé, den sie im Internet in einer kleinen aber feinen Weinhandlung entdeckt hatte. Einen mit Orangenaroma. Sie entkorkte die Flasche und hielt den Hals unter ihre Nase. Eigentlich roch er nicht so intensiv, wie sie erwartet hatte. Hoffentlich gefiel ihm der Wein. Als alles soweit vorbereitet war, der Tisch feierlich gedeckt und durch Kerzen erhellt wurde, sah sie auf die Uhr. Es war fünf Minuten vor sieben. Der Schlüssel musste jeden Moment in der Tür herumgedreht werden. Er war nie unpünktlich.

Und tatsächlich. Sie hörte erste Geräusche. Hörte, wie er den Schlüssel in der kleinen Porzellanschale auf der Anrichte ablegte, wie er es jeden Abend machte. Hörte, wie er die Schuhe von den Füßen strich. Klack ... klack. Jetzt standen sie ordentlich nebeneinander auf gleicher Höhe. Exakt. Man hätte ein Maßband daran legen können. Kurz darauf das Rascheln von feinstem Gewebe. Die Jacke am Haken.

Maren bekam eine Gänsehaut, als sie hörte, wie er die Manschettenknöpfe, kleine goldene Löwenköpfe, in der Diele in eine andere Schale aus Kristall gleiten ließ. Sie roch förmlich, wie er sich jetzt die steifen weißen Ärmel exakt auf gleiche Höhe krempelte. Sie hielt den Atem an und sah auf den Esstisch. Es stand alles angerichtet. Es sah so perfekt aus. Die Rechauds, die die Speisen auf exakt gleicher Temperatur hielten, warfen ein warmes Licht den Raum. Der Wein stand gekühlt in einem dafür vorgesehenen Behälter. Das Besteck lag gut ausgerichtet neben den Tellern. Es war perfekt. Ihr Leben war perfekt. Und doch wusste sie, dass er in exakt einer halben Stunde das erste Mal etwas auszusetzen haben würde. Die Tür zum Esszimmer wurde aufgeschoben.

»Guten Abend mein Liebling. Wie war dein Tag?« Mit eleganten Schritten bewegte er sich auf Maren zu. Sie wagte nicht, in sein Gesicht zu schauen. Sie hielt den Kopf geneigt, als er nach ihren Schultern griff. Er beugte sich zu ihr herunter. Sein Atem streifte ihre nackten Schultern. Strich über den schmalen Träger ihres roten Kleides, von dem er sich gewünscht hatte, dass sie es an diesem Abend trug, wenn er nach Hause kam.

»Du bist so schön«, hauchte er ihr ins rechte Ohr und küsste den Bereich, der weich ihren Hals mit den Schultern auf unnachahmlich ästhetische Weise verband. Sie schluckte. Endlich traute sie sich, den Kopf ein wenig zu heben. Ganz zart. Er fuhr mit seiner Hand unter ihrem Kinn entlang, bog ihr Gesicht noch weiter empor. So weit, dass sie nach oben schaute. Sie sah ihn. Er sah auf sie herab, als habe er ein Reh erlegt. Es war der gleiche Gesichtsausdruck, den ihr Vater immer auf der Jagd hatte. So kalt und siegessicher, wenn man einem schwächeren Lebewesen klargemacht hatte, wo sein Platz war.

Er begann, ihren Nacken mit beiden Händen zu massieren. Sie wehrte sich nicht. Es war ihr eiskalt. Als sich seine Finger um ihren Hals schlossen, hätte sie sich gewünscht, dass sie einfach zudrückten. Doch den Gefallen tat er ihr nicht. Sie war das Reh ... und er entschied, wann es zu Ende ging. Das war Macht. Immer weiter fuhr er mit seinen Händen ihren Hals entlang, ließ seine Finger wandern, bis sie schließlich den süßen Spalt zwischen ihren Brüsten streiften. Sie schloss die Augen. Das Essen, das sie stundenlang genau nach Plan zubereitet hatte, immer wieder abgeschmeckt und neu zusammengemengt, sie roch es und doch wusste sie, dass es warten würde, bis er mit ihr fertig war.

Wer ist Axel Weiland?

Gleich, nachdem sie das erste Mal geäußert hatte, dass ihr ein wenig übel sei, hatte er ihr vorgeschlagen, doch ein wenig am Strand spazieren zu gehen. Einfach mal frische Luft schnappen. Sie hatte ihn angelächelt. Diese dumme Gans. Glaubte sie tatsächlich, dass er das ganze Theater hier wegen ihr veranstaltete? Frauen in den Vierzigern gehörten noch nie in sein Beuteschema. Und jedes Gramm zu viel untermauerte seine Abneigung. Doch es gab einen guten Grund, bei ihr am Ball zu bleiben.

Als er sich vor ein paar Tagen mit ihr unterhalten hatte, hatte er ihn gesehen. Den Ring, um den sich alles drehte. Er musste ihn unbedingt zurückhaben. Koste es, was es wolle. Er hatte sie beobachtet. Sie hatte keine Familie und kaum Freunde. Nur mit dem Mann aus der Touristinfo schien sie sich öfter zu verabreden. Das aber war für ihn kein Hindernis. Er folgte ihr ein paar Tage, um ihren Tagesablauf einschätzen zu können. Dann rief er sie einfach an, als sie alleine in ihrer Wohnung war. Der Rest war nur noch Formsache. Er hatte noch nie Probleme gehabt, eine Frau zu einem Kaffee zu überreden. Und die Art, wie sie sich zurechtgemacht hatte, sprach Bände. Arme einsame Frau mit einem Ring einer anderen am Finger.

Bemitleidenswert. Fast hätte er gelacht, als sie ihm verlegen die Hand gab, bevor sie sich setzte.

Während der Ober servierte, unterhielten sie sich über dies und das. Über Dinge, die verlorengingen und dann nie wieder auftauchten. Wo waren all die vielen Träume hin, die die Menschen mit ihnen verbanden? Er musste zugeben, dass sie eine wirklich interessante Gesprächspartnerin war. Deshalb zögerte er seinen Plan ein wenig hinaus. Fast wäre er geneigt gewesen, das ganze noch um einen Tag zu verlängern, als er entdeckte, dass sie das gleiche Hobby pflegte wie er. Doch dann besann er sich anders. Als sie zur Toilette ging, nutzte er die Gelegenheit, den Inhalt eines kleinen Papiertütchens unbemerkt in ihre Tasse zu schütten.

Kurz darauf am Strand, der praktisch ihnen alleine gehörte, schleifte und zog er sie mit zu einem kleinen Holzboot, legte sie hinein und gab ihm einen Schubs. Den Rest erledigten die Wellen für ihn. Er hörte, wie sich ihr leises Röcheln immer weiter entfernte und schließlich von den Wellen geschluckt wurde. Er hielt den Ring gegen die untergehende Sonne. Lachte zufrieden in sich hinein und schlug den Weg zum Hotel ein. Er genoss das Gefühl der Überlegenheit, als er kurz darauf unter der Dusche stand. Selbst, wenn man sie am nächsten Morgen entdeckte, so hatte er doch noch genügend Zeit, die Insel für immer zu verlassen.

Und so kam es dann, dass er aufgeregten Menschen begegnete, als er zur Fähre lief. Man habe jemanden am Strand entdeckt, schnappte er auf. Vielleicht sei es eine Frau und möglicherweise sogar tot.

Nun, er wusste es besser. Tot war sie nicht. Und nie würde sie ihn finden.

Wo ist der Ring?

»Hast du noch ein wenig schlafen können?«, fragte Jürgen am nächsten Morgen. Er hatte bei Eva übernachtet. Natürlich auf der Couch. Auch wenn sie ihn zunächst hatte loswerden wollen, war er hartnäckig geblieben, weil er sich Sorgen machte, dass der Attentäter, der es ganz offensichtlich auf sie abgesehen hatte, noch einmal zuschlagen könnte.

»Ich weiß nicht«, antwortete Eva und rieb sich durchs Gesicht. »Auf jeden Fall geht es mir schon besser als gestern.« Sie hatte Jürgen immer noch nichts von Axel Weiland erzählt. Doch sie wusste auch, dass sie irgendwann mit der Sprache herausrücken musste. So peinlich ihr die ganze Angelegenheit auch erschien.

»Setz dich doch«, bat Jürgen und stellte einen Kaffeebecher auf den Tisch. »Du könntest mich ja gleich in die Touristinfo begleiten, was meinst du?«

Eva setzte sich zu ihm an den Küchentisch und musterte ihn misstrauisch. Was wurde das hier eigentlich, dachte sie grimmig. War sie jetzt die Polizistin oder nicht?

»Sehe ich so bemitleidenswert aus, dass du mich am liebsten gar nicht mehr aus den Augen lassen möchtest?«, fragte sie und trank einen Schluck Kaffee. Jürgen zuckte nur hilflos mit den Schultern. Er wusste ja nur zu gut, wie sehr ihr übertriebene Anteilnahme auf die Nerven gehen konnte.

»Auf jeden Fall kann ich noch ganz gut auf mich selber aufpassen. Also werde ich gleich in die Polizeistation gehen, denn das ist immer noch mein Job«, sagte sie mit schnippischem Unterton. Es entstand eine unangenehme Pause. Sie wusste ja, dass sie viel zu hart mit dem Mann ins Gericht ging, der wohl der Einzige war, der sich überhaupt noch auf ehrliche Weise für sie interessierte. Aber wie immer ritt sie der Teufel, wenn ihr jemand zu nahe kam. Sie hatte einfach keine Lust, Jürgen in ihren Plan, Kontakt zu den Kollegen in Wittmund aufzunehmen, einzuweihen.

»Dann mache ich mich mal auf den Weg«, sagte Jürgen schließlich, stellte seinen Kaffeebecher in die Spüle und lief zur Tür.

»Warte!«, rief Eva ihm nach und eilte ihm hinterher. »Ich weiß ja, dass du es nur gut meinst.« Sie sah ihn entschuldigend an.

»Schon gut«, sagte Jürgen und lächelte ihr schon wieder zu. »Versprich mir, dass du auf dich aufpasst, und ruf mich sofort an, sobald dieser Weiland sich wieder in deine Nähe wagt.«

»Versprochen«, sagte Eva und schloss die Tür hinter ihm. Durch das kleine Fenster sah sie, wie er um die Ecke verschwand. Endlich dachte sie und eilte ins Schlafzimmer.

Dort packte sie flink ein paar Sachen für die nächsten Tage ein, die sie vorhatte, in Bensersiel zu verbringen.

Trautes Heim?

Er hatte beschlossen, dass Maren für immer sein sei. Was ihr am Anfang geschmeichelt hatte, machte ihr nun einfach nur noch Angst. Sie zählte die Stunden, bis er endlich wieder aufbrach, um sich seinen Geschäften zu widmen. Sie fragte sich oft, ob sie dieses Leben verdient hatte. Die gleiche Frage wie zu Anfang ihrer Beziehung aber nun mit einem ganz anderen Unterton.

Er überwachte mittlerweile jeden ihrer Schritte. Ohne seine Erlaubnis konnte sie praktisch das Haus nicht mehr verlassen. Wenn er abends aus dem Büro kam, hielt er ihr vor, wen sie alles angerufen hatte. Maren hätte es nicht im geringsten gewundert, wenn er ihre Gespräche mithörte oder aufzeichnete. Sie war zu seiner Gefangenen geworden. Dass er sie auch noch misshandelte, war nur die Spitze des Eisbergs. Viel schlimmer empfand sie es, dass sie keinen Schritt mehr ohne seine Erlaubnis tun konnte. Jeder Handgriff, den sie im Haus verrichtete, wurde von ihm in Frage gestellt. Mal lagen die Handtücher nicht ordentlich im Bad, die Töpfe blitzten nicht genügend oder der Wasserhahn tropfte. Alles war ihre Schuld. Wie konnte aus dem Mann ihrer Träume nach so kurzer Zeit ein Tyrann geworden sein? Oder war er es schon immer gewesen und sie hatte nur die Augen davor verschlossen? Da er gute zehn Jahre älter war als sie, hatte sie sich nur zu gerne in seine Obhut begeben. Ein Prinz, der für seine Prinzessin sorgte. Ihr Kleinmädchentraum schien in Erfüllung gegangen und nun erwachte sie in einem Gruselmärchen. Der böse Wolf hatte die Zähne gefletscht. Und er biss gnadenlos zu.

Sie saß auf der Veranda in der Sonne und haderte mit ihrem Schicksal. Bald war es bereits ein Jahr her, dass sie sich verlobt hatten. Er hatte dieses Ereignis wie ein großes Fest mit ihr bei einem opulenten Essen in dem teuersten Restaurant von Köln gefeiert. Ein breiter goldener Ring wurde an ihren Finger gesteckt und sie war selig. Wenn sie jetzt an diesen Tag zurückdachte, wurde ihr übel. Und er hatte bereits angekündigt, dass sie ihr Einjähriges gebührend feiern würden. Sie war froh, dass er bisher noch nicht von einem Hochzeitstermin gesprochen hatte. Denn sie war sich nicht sicher, wie sie auf so einen Vorschlag reagieren sollte. Nie und nimmer würde sie seine Frau werden wollen. Aber würde er ein Nein überhaupt akzeptieren? Für ihn schien alles vorbestimmt. Er bestimmte auch ihr Leben. Jeden Morgen legte er ihr die Kleidung heraus, die sie zu tragen hatte. Er entschied, welche Frisur sie trug. Sie war nie besonders füllig gewesen, aber mittlerweile passte sie in Kleidergröße vierunddreißig. Die wenigen Freundinnen, die sie noch hatte, kommentierten ihre Veränderung mit gemischten Gefühlen. Maren redete sich heraus, indem sie vorgab, bald zu heiraten und dann wolle sie in ein bezauberndes Hochzeitskleid passen und nicht herausplatzen. Doch die netten Treffen wurden immer seltener. Denn nie lud Maren ihre Freundinnen zu sich nach Hause ein. Er hatte gesagt, dass es ihm nicht recht sei, wenn fremde Menschen in seine Privatsphäre einbrächen. Dass es auch ihr Zuhause war, spielte für ihn keine Rolle. Und die Freundinnen ahnten sicher mehr, als dass sie fragten. Immer seltener riefen sie an. Maren, vom Naturell her sehr kontaktfreudig und hilfsbereit, litt unter dieser unfreiwilligen Isolation.

Über ihre Grübeleien hinweg vergaß sie die Zeit. Als sie wieder zur Uhr blickte, war es bereits kurz nach elf. Hatte er nicht gesagt, dass er an diesem Tag bereits zum Mittagessen nach Hause käme? Um Himmels willen! Maren sprang auf, der Stuhl flog nach hinten. Mit der Hand stieß sie gegen ihren Kaffeebecher, der klirrend auf dem Marmorfußboden zerbarst.

Als sie sich umdrehte, stand er bereits hinter ihr. Mit starrem Blick hielt er ihr einen üppigen Strauß blutroter Rosen hin.

»Alles Gute, meine Liebe. Ich glaube, wir sollten über einen Arztbesuch nachdenken. Du scheinst mir ein wenig fahrig«, sagte er mit eiskalter Stimme.

Eva in Bensersiel

Mit einem Rucksack und ihrer Lieblingsledertasche, die im Laufe der Jahre immer schwerer geworden war, lief Eva am Strand entlang zum Fähranleger. Sie wollte vermeiden, dass Jürgen sie noch erwischte und überflüssige Fragen stellte. Der arme Kerl, er tat ihr ja leid. Doch was jetzt kam, das musste sie einfach mal alleine durchziehen. Sie war heilfroh, als die Fähre endlich ablegte. Die Fahrt dauerte nicht lange und am Festland angekommen zog Eva ihr Handy hervor und wählte Klara Bertschoos Nummer. Kurz darauf war ihre Unterkunft gesichert. Sie freute sich darauf, wieder einmal in Esens zu übernachten. Doch vorher wollte sie unbedingt mit den Kollegen in Wittmund sprechen. Sie nahm sich ein Taxi.

»Moin Eva«, wurde sie von Okko Schuster begrüßt, der heute Dienst hatte.

»Hallo Okko«, erwiderte Eva. Sie hatte die Kollegen alle bei ihrer Einführung auf Langeoog kennen gelernt, doch nur sporadisch wiedergesehen. An Okko erinnerte sie sich allerdings sehr gut, da er keine Gelegenheit ausließ, mit ihr zu flirten. Oder bildete sie es sich nur ein? Kam sie in die Wechseljahre und interpretierte, nach dem letzten Strohhalm greifend, jedes nette Lächeln als Bestätigung ihrer Weiblichkeit? Sie setzte sich mit an seinen Schreibtisch und bemerkte, wie er ihr auf den Busen schielte. Sie zog die Jacke fester um sich.

»Was führt dich denn in unser Kaff?«, fragte Okko lachend. »Ist es dir auf der Insel schon zu langweilig?«

»Oh, keineswegs«, entgegnete Eva. »Aber ich brauche eure Unterstützung bei der Suche nach einem gewissen Axel Weiland, der sich auf der Insel aufhält oder besser gesagt, bis vor ein paar Tagen jedenfalls.«

»Was hat er denn ausgefressen?« Okko tippte bereits etwas in seinen PC.

»Ach, im Moment alles nur Spekulation«, antwortete Eva und spielte die Gelangweilte, indem sie mit dem Verschluss ihres Rucksacks spielte.

Okko sah kurz von seiner Tastatur auf und musterte sie skeptisch. Dann widmete er sich wieder der Liste, die sich geöffnet hatte.

»Also, ich finde hier fünf Personen, die infrage kommen«, sagte er schließlich.

»Oh, interessant«, antwortete Eva und ging um den Schreibtisch herum, um Okko über die Schulter gucken zu können. »Gibt es zu den Männern auch Fotos?«

»Klaro«, sagte Okko und klickte die Namen der Reihe nach durch. »Und? Ist der passende Axel dabei?«

»Hm, leider nicht«, sagte Eva, die so etwas schon vermutet hatte. »Sicher benutzt er einen falschen Namen.«

»Willst du nicht endlich erzählen, was dieser Kerl ausgefressen hat?«, bohrte Okko weiter nach. »Vielleicht kann ich dann noch mehr für dich tun.«

Eva wog in Gedanken die Vor- und Nachteile ab. Sicher war es besser, wenn Okko im Bilde war. Und sie musste ihm ja auch nicht auf die Nase binden, wie lächerlich sie sich gemacht hatte. »Du musst mir aber versprechen, nicht gleich auszuflippen«, sagte sie.

»Ausflippen? Du machst mich wirklich verdammt neugierig, liebe Kollegin.«

»Ich glaube, dieser Typ, der sich als Axel Weiland ausgibt, hat versucht mich umzubringen«, sagte sie.

»Jesses«, sagte Okko und machte große Augen. »Echt jetzt?«

Eva nickte. »Ja, leider gehe ich davon aus. Er hat sich unter fadenscheinigen Gründen an die Polizei auf Langeoog, also mich, gewandt und dann hat er versucht, mich umzubringen. Ich gehe jedenfalls davon aus, dass er es war. Leider habe ich keine Beweise dafür, weil ich bewusstlos war.«

»Jesses«, sagte Okko erneut. Sein Wortschatz schien beschränkt, wenn er sein Erstaunen zum Ausdruck brachte, stellte Eva amüsiert fest. »Und warum hätte er das tun sollen?«

»Da kann ich nur Vermutungen anstellen«, erklärte Eva. »Aber du erinnerst dich vielleicht daran, dass ich euch vor einigen Tagen gebeten hatte, mal die Standesämter in NRW abzutelefonieren wegen eines Rings, den ich auf der Insel gefunden habe.«

Okko kratzte sich am Kopf. Dann nickte er. »Jo, jetzt fällt`s mir wieder ein. Aber da war nichts.«

»Genau, ihr hattet zu dem Datum und dem Namen keine Hinweise erhalten. Aber jetzt ist der Ring weg.«

»Jesses. Und du meinst, dass dieser Axel dich deswegen ermorden wollte? Krass.«

»Er ist jedenfalls mein einziger Anhaltspunkt in dieser Sache. Aber ich glaube, dass hinter dem Geheimnis mit dem Ring noch viel mehr steckt, als wir zunächst angenommen haben.«

»Und der Typ ist verschwunden, nehme ich an«, meinte Okko. »Sonst wärst du ja nicht hier. Hat denn das Hotel keine Daten?«

»Fehlanzeige«, sagte Eva. »Da habe ich mich schon umgehört. Die Papiere liefen auch auf Axel Weiland, also auch vermutlich gefälscht.«

»Und jetzt?«, fragte Okko.

»Tja, ich denke, wir sollten eine Phantomzeichnung anfertigen lassen und die dann durch die Dienststellen jagen. Was anderes bleibt uns nicht übrig. Aber ich bin mir sicher, dass alles mit dieser Maren zusammenhängt.«

»Maren?«

»Das war der Name, der in den Ring eingraviert war.«

»Jo, verstehe. Dann ruf ich mal den Wilfried an, dass es einen Job für ihn gibt.« Er griff zum Telefon und Eva nutzte die Gelegenheit, auf ihr Handy zu gucken. Und tatsächlich, Jürgen hatte bereits dreimal bei ihr angerufen. Sie steckte es wieder in die Tasche.

»Wilfried ist in einer halben Stunde hier«, sagte Okko, als er wieder aufgelegt hatte.

Wütend knallte Jürgen den Hörer wieder auf die Gabel. Was war bloß mit dieser Frau los? Wieso fiel es ihr so unendlich schwer, seine Hilfe anzunehmen? Sie musste doch wissen, dass er sich sorgte, wenn sie nicht abnahm. Ob sie am Strand saß? In der Dienststelle an ihrem PC? Er musste es jetzt einfach wissen. Viel war heute Morgen sowieso nicht in der Touristinfo los. Er hängte das Schild *Bin gleich wieder da* ins Fenster und schloss die Tür ab. Kurz darauf fand er die Dienststelle verschlossen vor. Auch in der Wohnung, zu der er eilte, schien niemand zu sein, denn auf sein mehrfaches Klingeln wurde nicht geöffnet.

Fast hätte er vor Wut die Suche aufgegeben, doch dann lief er doch noch zum Hundestrand, wo sie sich gerne aufhielt. Er schützte seine Augen vor der Sonne und suchte mit Blicken zwischen den Menschen am Strand und den Dünen nach Eva. Doch auch hier war sie nicht. Was erwartete sie eigentlich? Sollte er jetzt etwa die ganze Insel nach ihr durchstreifen? Also, sie konnte sich auf jeden Fall auf etwas gefasst machen, wenn er sie in die Finger bekam. Auf dem Rückweg zur Touristinfo fragte er noch im Inselladen nach, doch auch dort hatte Eva heute keiner gesehen. Er ging in seinen Laden zurück und nahm sich vor, heute keinen weiteren Gedanken mehr an sie zu verschwenden, während er das Abwesenheitsschild aus dem Fenster riss.

Gegen vierzehn Uhr kam Eva schließlich in Esens an. Sie liebte dieses Gefühl, dass alles eine Nummer zu klein geraten schien, wenn sie dieses Küstenstädtchen erreichte. Die Häuser, die engen Straßen und plötzlich war man mittendrin im Geschehen. Gleich in der Nähe des Marktplatzes war die Ferienwohnung, die sie schon seit vielen Jahren mietete, wenn sie hier Urlaub machte. Und doch fühlte sich heute alles irgendwie anders an. Zum einen war sie als Neuinsulanerin jetzt nicht mehr zu Besuch in Ostfriesland und zum anderen fühlte sie sich auf unerklärliche Weise beobachtet. Es war nur ein vages

Gefühl, das sich durch nichts belegen ließ. Doch bereits, als sie am Markplatz aus dem Taxi gestiegen war, hatte sie sich umgeschaut. Nach einem bekannten Gesicht gesucht. Einem Hinweis, dass er hier war. Wer garantierte ihr schon, dass der Überfall auf Langeoog sein einziger Versuch bleiben würde, sie umzubringen.Und erst recht jetzt, wo sie auch noch weiter nach ihm suchte. Auch wenn sie bisher alles auf die leichte Schulter genommen hatte, seitdem der Ring weg war, war eindeutig Gefahr im Verzug. Sie sah sich noch einmal in der Menschenmenge, die vor den Schaufenstern schlenderte, um, konnte sein Gesicht aber nicht entdecken. Ich sehe sicher schon Gespenster, dachte sie und lief zu ihrer Unterkunft.

Als sie dort ankam, wurde sie überschwänglich von Klara begrüßt.

»Eva, meine Güte, lass dich ansehen, du wirst ja immer hübscher.« In Klaras Stimme schwang dic mütterliche Freude einer alleinstehenden Dame mit, die man aus Fernsehserien kannte.

»Klara, also wirklich«, spielte Eva bereitwillig mit, »du übertreibst mal wieder maßlos, meine Liebe.«

Die beiden lachten und fielen sich in die Arme.

Eva mochte Klara, die so unkompliziert und spontan war.

»Wie lange ist es her Kindchen, dass du mein Gast warst?« Klara zog Eva mit ins Wohnzimmer, wo die Teetafel bereits gedeckt war.

»Ich denke, drei vier Jahre ist es wohl schon her«, sinnierte Eva und zeigte vorwurfsvoll auf die große Sahnetorte, die auf dem Tisch thronte. »Du willst mich doch wohl nicht etwa für die nächste Wahl zur Miss Schwergewicht mästen.«

»Ach, das sind doch nur ein paar Kalorien zwischendurch«, winkte Klara ab. »Und ich weiß doch, dass du Ostfriesentorte liebst.«

Da hatte sie allerdings recht. Automatisch fuhr Eva mit ihrer Hand über ihren Bauch. »Ein Stückchen ist sicher in Ordnung.« Sie streifte ihren Rucksack ab und zog ihre Jacke aus, bevor sie sich setzte.

Klara schob alsdann das erste Stück Torte auf einen Teller und schenkte Tee ein, wobei der Kluntje in der Tasse knackende Laute von sich gab.

»Das habe ich wirklich vermisst«, sagte Eva aufrichtig. »Es ist immer so gemütlich bei dir, Klara.«

»Freut mich, dass du das sagst«, entgegnete Klara gutgelaunt. Sie lebte schon seit vielen Jahren nach dem Tod ihres Mannes alleine in Esens und ging in ihrer Aufgabe als Pensionswirtin völlig auf. »Aber sag mal, was verschlägt dich denn heute hierher? Du arbeitest doch jetzt auf Langeoog.«

Eva nickte und schob sich die erste Gabel mit einem Stückchen Torte in den Mund. »Du hast recht, ich bin auch ganz zufrieden auf der Insel und nicht zum Vergnügen hier«, sagte sie und gab ein wohliges Schmatzen von sich. »Hm, gut, dass ich nicht jeden Tag bei dir zu Gast bin, ich würde auseinandergehen wie ein Hefeteig.«

»Papperlapapp«, schimpfte Klara. »Eine Frau muss einem Mann doch Halt und etwas zum Anfassen bieten. Wie steht's eigentlich bei dir mit den Männern?«

»Oh, frag nicht«, wehrte Eva ab und führte ihre Teetasse an den Mund. Der feine bittere Geschmack, gemischt mit einem Hauch Süße und der kleinen Sahnewolke ließ ihre Sinne schwinden. Wie sehr hatte sie das vermisst. Warum gab es so etwas eigentlich nie bei ihr auf Langeoog? Sie nahm sich vor, ab sofort weniger Kaffee zu trinken und sich ein ordentliches Teegeschirr samt Stövchen zu kaufen.

»Verstehe, Männer jagst du zwar, bringst sie aber nicht zur Strecke.« Klara schmunzelte in sich hinein.

»Ich habe einen Ring gefunden«, sagte Eva, die Klara schon immer als zuverlässig verschwiegene Vertraute kannte.

»Einen Ring?«

»Ja, es ist … oder besser gesagt, war ein breiter goldener Ring mit einer Inschrift.«

»War?«

»Ja, er wurde mir gestohlen. Und deshalb bin ich jetzt hier.«

»Kindchen, du sprichst in Rätseln«, seufzte Klara und erhob sich, um noch ein wenig Wasser auf den Tee zu gießen.

Als sie ins Wohnzimmer zurückkehrte, erzählte ihr Eva in groben Zügen, was es mit dem Ring auf Langeoog auf sich hatte. Als sie bei der Stelle mit Axel Weiland ankam, erzählte sie frei von der Leber, wie sie auf diesen Mann hereingefallen war.

»Und der Kerl wollte dich umbringen, meinst du?« Klara fasste sich ans Herz. »Das ist ja unfassbar. Und das alles wegen eines goldenen Ringes, ich kann es gar nicht glauben.«

»Das kann man wohl sagen. Es muss etwas ganz Besonderes mit diesem Ring auf sich haben«, fuhr Eva fort. »Ich weiß nur noch nicht was, und deshalb bin ich heute aufs Festland zu den Kollegen in Wittmund gefahren, damit sie mich bei meiner Arbeit unterstützen.«

Klara schob ihren Kuchenteller beiseite. »Die Welt ist einfach schlecht, das sage ich ja immer. Was stand denn in dem Ring?«

»Es war *Maren 11.05.2014* eingraviert«, erzählte Eva. Klara stutzte. »Das ist komisch«, sagte sie, »aber vielleicht hat es auch gar nichts zu bedeuten.«

Neugierig sah Eva die alte Dame an. »Was meinst du?«

»Nun, es ist noch gar nicht so lange her, dass ich schon einmal von so einem Ring gehört habe«, sagte Klara. »Es war glaube ich beim Friseur, wenn ich mich recht entsinne.« Sie hielt ihre rechte Hand an die Schläfe, als könne sie dann besser denken. »Ja, jetzt fällt es mir wieder ein. Die Gerda hat damals erzählt, dass ihr Sohn Stefan einen Ring gefunden hat … und da stand auch Maren drin.«

Entgeistert sah Eva die Frau an. »Bist du sicher, Klara. Das könnte jetzt verdammt wichtig sein. Wo ist der Ring jetzt? Wo finde ich Gerda?«

Nachdem Klara alle nötigen Informationen preisgegeben hatte, machte Eva sich mit Klaras altem Opel auf den Weg nach Schortens und klingelte an Gerdas Tür. Es stellte sich heraus, dass diese den Ring, den ihr Sohn gefunden hatte, bei der Gemeinde im Fundbüro abgegeben hatte. Und auch an den Namen Maren konnte sie sich erinnern. Alleine das Datum war ein anderes gewesen, jedenfalls was das Jahr betraf, nämlich der elfte Mai zweitausendsechs.

Als Eva wieder im Wagen saß, um zum Gemeindebüro zu fahren, juckte es ihr in den Fingern. Sie wollte zu gerne Jürgen anrufen und ihn über ihre neuesten Entdeckungen in Kenntnis setzen. Doch sie war sich sicher, dass er nicht ans Telefon gehen würde. Aber auf der anderen Seite hatte er ja auch versucht, sie zu erreichen am Vormittag. Bevor sie noch länger zögerte, zog sie ihr Handy aus der Tasche. Er nahm schon nach dem zweiten Klingeln ab.

»Verdammt Eva, wo bist du«, polterte er in den Hörer.

»Esens«, sagte sie wahrheitsgemäß und wartete die nächste Schimpftirade ab. »Ich weiß ja, dass ich dich hätte informieren müssen«, versuchte sie abzuwiegeln, »aber irgendwie ist alles blöd gelaufen. Lass uns das doch einfach vergessen, ich habe nämlich eine ganz außergewöhnliche Entdeckung gemacht.« Sie schilderte von dem weiteren Ring, der an Maren erinnerte. »Und jetzt bin ich auf dem Weg zum Fundbüro und ich hoffe, der Ring ist noch da.«

»Ich komme morgen aufs Festland«, sagte Jürgen zum Abschluss, »und ich dulde keine Widerrede.«

Mit einem Lächeln legte Eva auf.

Maren

»Du hast das Fleisch schon wieder anbrennen lassen! Ist es denn wirklich zuviel verlangt, dass das Essen wenigstens schmeckt, wenn man nach Hause kommt?« Polternd warf er das Besteck auf den Tisch. Maren zuckte zusammen.

»Es tut mir leid, ich weiß nicht, wie mir das Missgeschick passieren konnte. Ich könnte noch ein neues Stück ...« Weiter kam sie nicht, denn er warf den Stuhl nach hinten und verließ das Esszimmer.

Zitternd saß Maren am Tisch. Der goldene Ring an ihrer linken Hand schlotterte und verursachte klackende Geräusche auf dem Glastisch, als sie versuchte, ihre Hände ruhig zu stellen. Sie war einfach zu nichts fähig, sie konnte nicht kochen, war keine gute Partnerin und würde sicher auch nie eine gute Ehefrau sein. Sie hatte diesen Mann einfach nicht verdient. Er hatte doch vollkommen recht, warum war es denn so schwer, ein Stück Fleisch zu braten, ohne dass Holzkohle herauskam? Jede Frau bekam das hin, nur sie nicht. Nichtsnutzig und hässlich. Genau das war sie. Welcher Mann würde es schon länger mit ihr aushalten? Eigentlich war er ein guter Mann, weil er immer noch nicht an ihr verzweifelt war. Er versuchte ja, ihr alles beizubringen, wollte, dass sie immer gut aussah.

Legte ihr den Himmel auf Erden zu Füßen. Und was tat sie? Sie vermasselte alles. Sie griff sich wild ins Haar und zog daran, bis sie das Gefühl hatte, dass Blut aus ihrer Kopfhaut drang. Es tat höllisch weh, aber es tat gut. Sie konnte wieder ruhiger atmen. Tief ein und aus. Mit stoischer Ruhe stand sie auf, räumte den Tisch ab, warf das verdorbene Essen dorthin, wo es hingehörte, in den Mülleimer. Morgen würde sie alles besser machen. Und er würde ihr eine neue Chance geben. Sie wusste es aus Erfahrung. Er gab sie nicht auf. Er war ihr Lehrmeister. Irgendwann wäre sie seiner würdig. Ganz gewiss.

Jürgen und Eva in Esens

Schon am nächsten Morgen in aller Frühe war Eva mit Jürgen in Bensersiel verabredet. Er hatte die erste Fähre genommen und keine Widerrede geduldet. Und so stand sie jetzt am Anleger und sah, wie er grimmig zu ihr herübersah, bevor er von Bord ging.

»Das war wirklich ein starkes Stück Eva«, zeterte er, als er bei ihr angekommen war.

»Lass jetzt gut sein«, bat Eva, »wir haben wirklich andere Sorgen als deine Befindlichkeiten. Und außerdem bist du ja jetzt hier.«

»Na Gott sei Dank«, sagte er.

»Lass uns nach Esens fahren und dort frühstücken«, schlug Eva vor, »dann werde ich dir alles haarklein berichten.«

Sie fuhren mit Klaras Opel über die Landstraßen und Jürgen sagte kein Wort. So ein alter Esel dachte Eva und sah ihn ab und zu aus dem Augenwinkel heraus an. Doch sein Gesicht war gar nicht grimmig, vielmehr zeichneten sich dicke Sorgenfalten auf seiner Stirn ab. Wahrscheinlich tat sie ihm Unrecht, nein sogar ganz sicher.

»Mensch Jürgen, es tut mir aufrichtig leid«, sagte sie schließlich und knuffte ihn am Arm.

»Schon gut«, brummte er, »aber mach das nie wieder, okay?«

»Versprochen«, sagte sie.

Sie suchten sich in Esens ein nettes Café und bestellten sich ein Frühstück für zwei. Eva berichtete von Klaras Hinweisen und ihrem Besuch im Fundbüro. Als Trophäe hielt sie ihm schließlich den goldenen Ring hin.

»Das ist ja unglaublich«, sagte Jürgen, als sie geendet hatte.

»Das finde ich auch«, sagte sie triumphierend. »Und ich fresse einen Besen, wenn das mit dem Namen Zufall ist.«

»Was sollte es denn sonst sein?«, fragte Jürgen, »du denkst doch wohl nicht, dass es ein- und dieselbe Maren ist, die alle paar Jahre einen anderen heiratet. Und die Kerle schmeißen dann irgendwann die Ringe weg, also wirklich, so naiv kannst ja nicht mal du sein.«

»Zugegeben, das hört sich abenteuerlich an«, stimmte Eva zu. »Aber mein weiblicher Instinkt sagt mir, dass es dieselbe Maren ist, die mit diesen Ringen in Verbindung stand.«

»Aha, und warum hat dieser Axel Weiland, oder wie immer er auch heißen mag, nicht versucht, auch an diesen Ring heranzukommen?«, wandte Jürgen ein.

»Oh, vielleicht hat er das ja. Doch er wusste ja nicht, wo er suchen sollte.«

»Aber bei dir wusste er es doch auch. Also warum dann nicht bei dieser Gerda?«

»Ganz einfach mein lieber, weil diese Gerda nie bei irgendwelchen Standesämtern nachgefragt hat, sondern den Ring einfach bei der Gemeinde im Fundbüro abgegeben hat. Und was Behörden mit Fundsachen machen, wissen wir doch, sie legen sie weg und warten ab.« Sie zwinkerte ihm zu.

»Und was schlägst du jetzt vor?«

»Tja, das ist eine gute Frage ...«, sagte Eva und schob sich den Ring auf ihren Mittelfinger. »Guck mal, der könnte genauso groß sein, wie der andere Ring, den ich auf Langeoog gefunden habe.«

»Das ist aber nun wirklich kein großes Kunststück«, meinte Jürgen. »Viele Männer haben sicher diese Größe.«

»Ja, mag sein. Aber ich glaube, er sieht auch genauso aus, wie der andere Ring. So ein verdammter Mist, dass ich den jetzt nicht mehr habe.«

»Hast du ihn denn nicht fotografiert?«

Eva machte ein betretenes Gesicht. »Daran habe ich tatsächlich nicht gedacht. Wer konnte denn ahnen, dass dieser Ring sogar der Grund für einen Angriff auf mein Leben hätte sein können.«

Jürgen nickte und sah auf Evas Hand.

»Ist was?«, fragte sie. »Wenn dir etwas einfällt, dann nur raus damit.«

»Also, ich bin ja kein Fachmann«, sagte Jürgen vorsichtig. »Aber könnte es nicht tatsächlich sein, dass der Ring auch genauso aussieht, wie der andere? Ich meine die Breite und die Form.«

Eva sah auch auf ihre Hand. »Du denkst das also auch? Und du meinst, der Juwelier würde sich daran erinnern, stimmt's?«

Jürgen nickte zufrieden. Es gefiel ihm, dass er Eva noch hilfreich sein konnte. Na ja, und ein wenig Schadenfreude, dass ihm der Gedanke als Erstes gekommen war, schwang natürlich auch mit. Er versuchte allerdings, sich dieses nicht zu sehr anmerken zu lassen.

»Eine verdammt gute Idee«, lobte Eva sofort. Bloß keinen Neid aufkommen lassen. »Wir könnten doch gleich mal hier in Esens in den nächsten Juwelierladen gehen und fragen.«

Den nächsten Juwelier fanden sie bereits wenige Straßen weiter.

»Ein sehr schönes Stück«, meinte der Mann, dem eine kleine runde Brille scheinbar schwerelos auf der Nasenspitze hing. Er hob den Goldreif gegen das

Neonlicht. »Mindestens Siebenhundertfünfziger«, sagte er, »und davon nicht gerade wenig.«

»Er war also teuer?«, fragte Eva neugierig.

»Das würde ich wohl annehmen«, sagte der Mann. »Ich kann ihn gerne für Sie auswiegen, wenn Sie ihn verkaufen möchten.« Er warf einen abschätzigen Blick in ihre Richtung.

»Oh, so ist es nicht«, sagte Eva schnell, die verstanden hatte, dass der Juwelier davon ausging, dass sie und Jürgen ein Paar in Geldschwierigkeiten seien. »Ich bin von der Polizei und das hier ist ... nun ja, ich würde gerne wissen, wer diesen Ring angefertigt hat. Meinen Sie, dass man das rauskriegen kann?«

Der Mann schob die Augenbrauen hoch, so dass mindestens eine Handbreit zwischen ihnen und der Brille lag. Seine kleinen blauen Augen wanderten flink hin und her. »Aber sicher kann man das herausbekommen, wenn es sich um so ein edles Stück handelt wie dieses hier. Bitte geben Sie mir ein paar Minuten Zeit.« Mit diesen Worten verschwand er in einem Hinterzimmer, das vom Laden durch einen dunkelroten Samtvorhang getrennt war.

»Komischer Kauz«, meinte Jürgen. Er fühlte sich sichtlich unwohl in dieser Umgebung, das sah man ihm an.

»Nun lass doch mal. Schließlich wollen wir was von ihm und nicht umgekehrt. Und wenn er uns sagen kann, woher der Ring stammt, dann bin ich doch ein gutes Stück weiter.«

»Wir meinst du wohl ...«

»Ja, von mir aus auch das. Du bist wohl nicht oft in solchen Läden?«

»Natürlich nicht«, meinte Jürgen, »dafür reicht mein Einkommen leider nicht aus.«

»Und goldene Ringe hast du ja auch noch nie gebraucht.«

»Du ja wohl auch nicht, oder?«

Betreten sah Eva zu Boden. Nein, wahrlich nicht, dachte sie wehmütig. Aber Jürgen könnte vor ihr auf Knien rumrutschen, nie würde sie von ihm einen Ring annehmen, schwor sie sich. Wenn jemand so gemein auf einer armen Frauenseele herumtrampelte, dann konnte es nie und nimmer der Richtige sein.

Der Juwelier kam mit einem breiten Grinsen im Gesicht aus dem Hinterzimmer durch den Vorhang geschlüpft.

»Es ist ein Juwelier aus Köln«, sagte er triumphierend. »Der Ring trägt einen Prägestempel.« Mit diesen Worten legte er das gute Stück zurück in Evas Hände.

»Oh, das ging ja fix«, sagte Eva. »Vielen herzlichen Dank, dass es so schnell geklappt hat.«

»Immer wieder gerne«, zwitscherte der Mann. »Und wenn ich für Sie beide Mal einen Auftrag in dieser Richtung erledigen soll, stets zu diensten.« Er deutete auf den Ring, den sich Eva bereits wieder an den Mittelfinger gesteckt hatte.

»Wohl kaum«, sagte Eva schnippisch und warf einen bösen Blick in Richtung Jürgen.

»Auf gar keinen Fall«, stimmte Jürgen zu.

Eva notierte sich die Adresse und Telefonnummer des Juweliers in Köln und beide verließen den Laden.

»Dann kannst du ja jetzt wieder zur Insel rüberfahren«, sagte Eva, als sie draußen vor der Tür standen.

»Und was machst du?«

»Ich fahre natürlich nach Köln, was denn sonst!«

»Dann fahre ich mit«, sagte Jürgen und Eva zog die Augenbrauen hoch.

»Und wer kümmert sich um deinen Laden?«, fragte sie.

»Das kann Hauke wohl noch ein paar Tage übernehmen«, antwortete Jürgen. »Und jetzt keine

Widerrede mehr, ich habe keine Lust, dich noch einmal aus irgendeinem Fischerboot zu retten.«

Schweigend liefen sie zur Pension von Klara, wo sie ein ordentlich gedeckter Tisch mit Ostfriesentee und selbstgebackenem Kuchen erwartete.

»Ach, das freut mich ja, dass ich Sie endlich einmal kennen lerne«, sagte Klara und reichte Jürgen die Hand.

Sie schenkte Tee ein, und die Drei unterhielten sich über die Entwicklungen zu dem goldenen Ring.

»Das hört sich alles nicht gut an Eva«, meinte Klara schließlich. »Was mag dieser Maren bloß passiert sein?« Sie biss in den Apfelkuchen und wischte sich die Sahne aus dem Mundwinkel.

»Noch kann ich mir auf das Ganze keinen wirklichen Reim machen«, erwiderte Eva. »Warum gibt es zwei Ringe mit dem gleichen Namen und dem ebenso gleichen Datum? Natürlich kann das alles auch purer Zufall sein. Doch an Zufälle glaube ich schon lange nicht mehr.«

»Und Sie fahren doch hoffentlich mit Eva mit?«, stellte Klara eher fest, als dass sie fragte, und sah in Jürgens Richtung.

»Also, ich könnte das schon noch alleine schaffen ...« Eva sah irritiert von einem zum anderen.

»Na, so war das nicht gemeint, Kindchen. Aber du kannst doch nicht als Frau alleine nach Köln fahren. Wer weiß, was da alles passieren kann. Ich seh das doch immer im Tatort, wenn dieser dicke sympathische Polizist ... ach, wie heißt der noch mal, ich komm grad nicht drauf ...«

»Sie meinen den Schenk«, half Jürgen nach, »ja, den sehe ich auch ganz gerne und ich sehe das übrigens genauso wie Sie«, pflichtete er Klara bei, »wir können Eva unmöglich alleine fahren lassen.«

»Also, wenn ihr eine Wohnung für mich gefunden habt, dann sagt Bescheid«, sagte Eva und lachte. »Aber sag mal Klara, könnten wir vielleicht deinen Wagen mitnehmen?«

»Meinen alten Opel«, fragte sie ungläubig. »Na, ob der es noch bis nach Köln schafft.«

»Doch, das denke ich schon«, meinte Jürgen, der in seiner Jugend gerne an Autos herumgeschraubt hatte.

»Na, meinen Segen habt ihr«, sagte Klara. »Und ich werde jetzt mal ein zweites Zimmer für Sie fertigmachen, junger Mann.« Sie erhob sich vom Sofa.

»Das ist nett«, sagte Jürgen, »und Sie können mich gerne Jürgen nennen, wenn Sie möchten.«

Die alte Dame zwinkerte ihm zu. »Jürgen, dass du mir ja gut auf die Eva aufpasst.«

Am nächsten Morgen machte Eva sich mit Jürgen in aller Herrgottsfrühe auf den Weg nach Köln zu dem Juweliergeschäft.

Gegen Mittag parkte sie den Wagen direkt vor der Tür.

»Geschafft«, sagte Eva, stieg aus dem Wagen und streckte sich. »Also, seitdem ich auf der autofreien Insel lebe, strengt mich das lange Fahren ganz schön an.«

»Ja, man kann sich ans Radfahren gewöhnen«, stimmte Jürgen zu, dessen Knochen ebenfalls knackten, als er ausstieg.

»Und dann dieser Lärm und die ganzen Menschen. Ich glaub, ich werde alt.« Eva schloss den Wagen ab und sie liefen zum Eingang.

Als sie die Tür aufschob, erklang ein helles Glöckchen und eine Frau mittleren Alters lächelte ihnen hinter einem Glastresen stehend zu.

»Kann ich etwas für Sie tun?«, fragte sie geflissentlich.

»Das hoffen wir doch«, sagte Eva. »Mein Name ist Eva Sturm, ich bin von der Polizei Langeoog, und das ... nun ja, wir sind in einer Angelegenheit hier, bei der wir uns Ihre Hilfe erhoffen.«

»Polizei? Ich hoffe doch, nichts Ernstes. Und wenn ich helfen kann, gerne.« Der Blick der Frau hatte sich bereits verfinstert.

»Es geht um diesen Ring hier.« Eva hielt der Frau ihre Hand hin.

»Ist das Ihr Ehering?«

»Nein, es ist eine Fundsache.« Eva zog den Ring vom Finger. »Wir haben von einem Juwelier in Esens den Hinweis bekommen, dass dieser Ring hier bei Ihnen angefertigt worden ist.«

»Ach ja?« Neugierig griff die Frau nach dem Ring und hielt ihn gegen das Licht. »Ich bin allerdings nicht die Expertin für so etwas, ich verkaufe hier nur.«

»Und wer wäre der Experte?«, fragte Eva.

»Das wäre Herr Bildmann, unser Goldschmiedemeister. Ich werde ihn mal gleich holen, er ist nämlich in der Werkstatt.«

»Na, die Hellste ist die aber auch nicht«, raunte Jürgen Eva ins Ohr, als die Angestellte eine schmale Treppe mit einem gedrehten Metallgeländer hinabstieg.

»Sie soll ja auch nur verkaufen und keine Verbrechen aufklären«, antwortete Eva und sah in die Auslage mit vielen Ketten und Armbändern aus Gold.

»Wer braucht so etwas wohl alles?«, fragte sie. »Und guck dir mal die Preise an. Das kann sich doch kein Mensch leisten.«

»Na, einige bestimmt«, meinte Jürgen, »sonst würden die ja gar nicht existieren können. Und es gibt Männer, denen ist für ihre Frau einfach nichts zu teuer.«

»Oder für ihre Geliebte«, meinte Eva und sah ihn skeptisch an. »Ich glaube, die größten Geschenke bekommen immer noch die Frauen, die sich einem Mann nur stundenweise hingeben und nach ihm schmachten.«

»Meine Güte, Eva. Dieser Fall scheint dir nicht gut zu tun«, sagte Jürgen.

Bevor sie noch etwas erwidern konnte, wurde sie von einem erbärmlich klingenden Husten unterbrochen, das aus tiefster Seele zu kommen schien und langsam die Treppe heraufkam. Kurz darauf folgte ein kleiner grauer Schopf und ein schwarzes Wolljackett mit abgewetzten Lederschützern an den Ellbogen.

»Guten Tag, Eva Sturm«, stellte Eva sich erneut vor. »Ihre Angestellte hat Sie sicher schon darüber informiert, dass wir wegen des goldenen Rings hier sind.«

Der Mann kam an den Glastresen heran und stützte sich ab. »Sie sind das also, nun ja, ich fürchte, ich kann Ihnen da nicht weiterhelfen«, sagte er und stöhnte auf. »Der Rücken, wissen Sie. Dieser Ring hier, er ist nicht von mir, da muss ich Sie leider enttäuschen.«

»Ja, aber wir haben von Ihrem Berufskollegen in Esens Ihre Adresse bekommen«, sagte Eva mit Enttäuschung in der Stimme.

»Ja, die Adresse stimmt ja auch«, krächzte der Alte. »Aber das Stück wurde von meinem Vorgänger hergestellt.«

Eva fragte sich in diesem Moment, wie lange es das Unternehmen schon gab und wie alt der Vorgänger denn dann gewesen sein musste. Wurde man im Schmuckgewerbe über Hundert?

»Und können wir Ihren Vorgänger irgendwie erreichen?«, fragte Eva.

»Der ist leider vor einigen Jahren gestorben«, sagte der Mann.

»Verdammt«, entfuhr es Eva. »Aber wir müssen unbedingt wissen, wer diesen Ring in Auftrag gegeben hat.«

Der alte Mann grinste und kleine Speichelfäden bildeten sich in seinen Mundwinkeln. Sie glänzten wie Spuren von Schnecken im künstlichen Licht. »Aber das kann ich Ihnen sehr wohl sagen, junge Frau«, meinte er und hob einen Zeigefinger in die Höhe. »Ich habe nämlich alle Kunden übernommen.«

Evas Gesicht hellte auf. »Das ist gut. Können Sie uns dann vielleicht sofort weiterhelfen und die Adresse raussuchen?«

Die Mimik des Mannes verriet, dass er es nicht gewohnt war, bedrängt zu werden. Sein Handwerk erforderte höchste Konzentration und Präzision und natürlich Zeit und Muße. Schmuckstücke waren seine Leidenschaft und keine Akkordarbeit.

»Ich werde mein Möglichstes tun«, sagte er matt, desillusioniert von dem Gefühl, dass Polizisten aus Ostfriesland unmöglich in der Lage seien, sein Handwerk zu würdigen. »Aber ein wenig Zeit müssen Sie mir schon geben.«

»Aber natürlich«, mischte sich Jürgen ein. »Wie wäre es, wenn meine Kollegin und ich einen Kaffee trinken gehen und in ... sagen wir mal ... etwa zwei Stunden wiederkämen?«

Der Mann schien zufrieden. »Ja, machen Sie das«, sagte er und drehte sich ohne weitere Worte um und verschwand wie er gekommen auf der Treppe zurück in den Keller.

»Kollegen, pah, dass ich nicht lache«, sagte Eva, als Jürgen sie quasi nach draußen vor die Tür geschoben hatte.

»Mein Gott, nun sei doch nicht so empfindlich. Männer wollen, dass man ihre Arbeit respektiert, ich kenne das.«

»Lächerlich. Und wo gehen wir jetzt hin?«

Sie befanden sich in einer noblen Gegend, die Eva nicht behagte. Es war noch nie ihr Ding gewesen, sich in piekfeinen Restaurants aufzuhalten, wo man nur hinter vorgehaltener Hand flüsterte.

»Wir finden da schon was«, sagte Jürgen resolut und packte sie beim Arm und zog sie mit sich.

Verliebt, verlobt... verdächtig

»Aber ja mein Schatz, das ist eine ganz vortreffliche Idee. Wir werden an unserem zehnten Jahrestag nach Sylt fahren.« Beschwingt erhob er sich vom Bett und fegte mit der flachen Hand ein paar Brötchenkrümel vom Laken.

»Ich werde gleich, nachdem ich abgeräumt habe, eine nette Hotelsuite für uns buchen. Was meinst du, vierzehn Tage oder lieber gleich drei Wochen? Sylt ist ja nun wirklich eine Reise wert. Es wird da viel für uns zu entdecken geben.«

Einen Evergreen von Frank Sinatra pfeifend lief er, das Tablett mit dem Frühstücksgeschirr balancierend, die Treppe hinab.

Selten war er so guter Laune gewesen. Aber zehn Jahre mit ein und derselben Frau, nun das war schon etwas ganz besonderes, wenn es zudem auch noch die Richtige war. Das musste einfach in einem entsprechenden Rahmen gefeiert werden. Und wer wusste schon, ob er ihr dann nicht endlich den ersehnten Antrag machen würde. Sie war die perfekte Frau für ihn.

»Schatz!«, rief er nach oben. »Bleib du ruhig noch ein wenig liegen. Ich erledige den lästigen Abwasch in der Küche und danach werde ich ins Büro fahren.«

Dass er in den nächsten Tagen auch den Juwelier aufsuchen wollte, behielt er für sich. Es sollte in diesem Jahr eine ganz besondere Überraschung für sie werden. Er hatte sich bereits im Internet informiert. Es sollte mindestens ein Zweikaräter werden. Und wenn sie dann endlich seine Frau war, würde sie nichts mehr auseinanderbringen können.

Er hantierte noch eine Weile in der Küche, trocknete das Geschirr sorgfältig ab. Faltete danach das Spültuch sowie das Geschirrtuch zusammen und trug beides zum Wäschekorb. Es kam für ihn nicht infrage, solche Gegenstände mehr als einmal zu benutzen. Viel zu groß war die Gefahr der Verunreinigung durch irgendwelche Bakterien. Anschließend wusch er sich ausgiebig die Hände, indem er sie dreimal einseifte und hinterher mit einem frischen unbenutzten Gästehandtuch trocken rubbelte. Jetzt fühlte er sich sauber und rein. Es hatte eine Weile gedauert, bis er Maren so weit gehabt hatte, dass sie seine Rituale akzeptierte. Doch mittlerweile widersprach sie nicht mehr.

Der langersehnte Name

Immer wieder sah Eva nervös auf ihre Armbanduhr.

»Davon vergeht die Zeit auch nicht schneller«, sagte Jürgen belustigt.

»Ich kann es einfach nicht mehr abwarten, endlich die Adresse von diesem Axel Weiland zu bekommen«, sagte Eva und verschüttete ihren Kaffee. Es stimmte, sie fand sich einfach in noblen Cafés nichts zurecht. Vor lauter Vorsicht passierte ihr ein Missgeschick nach dem anderen.

»Dann wollen wir mal hoffen, dass es auch dieser Kerl ist«, meinte Jürgen und wischte mit seiner Serviette um Evas Tasse herum.

»Was würde ich nur ohne dich tun?«, fragte sie und lächelte.

»Wenn du das man weißt«, sagte er nur.

»Wir könnten jetzt aber auch wirklich langsam losgehen«, meinte Eva.

»Wir sind erst eine Stunde hier«, wandte Jürgen ein. »Und er hat gesagt, wir sollten gute zwei Stunden wegbleiben. Ich glaube, der meinte das ernst.«

»War ja klar, dass du ihn in Schutz nehmen würdest. Aber ich halte es hier einfach nicht mehr aus. Ich muss mich bewegen, raus an die frische Luft. Und wenn du so lange hier bleiben möchtest ...«

Jürgen gab sich geschlagen. »Quatsch, natürlich komme ich mit.« Er winkte nach dem Ober und zahlte.

»Das Geld gebe ich dir nachher wieder«, sagte Eva, die wie immer nur Bargeld im Portemonnaie hatte, mit dem sie höchstens eine Parkuhr füttern konnte. »Schließlich sind wir dienstlich hier, ich kann das absetzen.«

Sie schlenderten noch ein wenig die Straßen auf und ab, während Eva immer wieder auf die Uhr sah. Dabei gingen ihr tausend Dinge durch den Kopf. Und der, der sie am meisten beschäftigte war, warum sie ausgerechnet mit Jürgen mitten in der besten Gegend von Köln herummarschierte? Sie hatte ihn sich doch so gut es ging in den letzten Monaten vom Hals gehalten. Und nun? Hoffentlich nahm er ihre gemeinsame Exkursion jetzt nicht als Aufforderung, ihr auf Schritt und Tritt zu folgen. Okay, er hatte ihr in gewisser Weise das Leben gerettet, auch wenn das übertrieben war. Denn auch die anderen am Strand hätten sich schon um sie gekümmert. Was versprach er sich bloß davon? Ja, sie würde ihm, wenn sie wieder auf Langeoog waren, klipp und klar erklären, dass es nichts zwischen ihnen gab, aber auch rein gar nichts.

»Worüber denkst du gerade nach?«, fragte Jürgen plötzlich.

»Ach, nicht so wichtig, ich war in Gedanken auf Langeoog.«

»Ja, ich bin auch froh, wenn wir endlich wieder da sind. Man vermisst die Ruhe dort schon, findest du nicht?«

»Ja, ganz schön hektisch in so einer Großstadt«, erwiderte Eva. »So, jetzt könnten wir aber wirklich wieder zum Juwelierladen laufen, anderthalb Stunden haben wir jetzt ja schon geschafft.«

»Okay, dann man los«, sagte Jürgen und hakte sich bei ihr ein.

Eva verkrampfte sofort, wollte seinen Arm aber auch nicht einfach abschütteln. Noch brauchte sie Jürgen ja.

»Da sind Sie ja wieder«, wurden sie kurz darauf von der Angestellten begrüßt. »Ich hole den Chef.« Sie verschwand die Stufen hinab.

»Ich hätte ja nicht übel Lust, mir auch mal den Keller anzusehen«, meinte Eva. Dann hörten sie wieder das Husten.

»Es war gar nicht so leicht«, fing der alte Mann an und legte einen Stapel Papier auf den Glastresen. »Denn ich bin da auf etwas Komisches gestoßen.«

Eva und Jürgen machten große Augen.

»Es wurde hier von meinem Vorgänger zwar so ein Ring angefertigt, den Sie mir vorhin gezeigt haben«, fing er nach einer gefühlten Ewigkeit wieder an, »aber es war nicht dieser.«

»Wie meinen Sie das?«, fragte Eva ungeduldig.

»Nun, der Ring, den Sie mir gezeigt haben, trägt das Datum 11.05.2006 … aber er wurde nicht hier gefertigt.«

»Das verstehe ich jetzt nicht«, sagte Eva. »Sie haben doch eben gesagt, dass Ihr Vorgänger …«

»Nun, nur nicht ungeduldig werden, junge Frau«, mahnte der Mann und schob seine Brille hoch. »Es wurde ja ein Ring in diesem Hause gefertigt, der dem, den Sie mir gezeigt haben, zum Verwechseln ähnelt. Nein, man könnte sogar sagen, dass er ein Zwillingsstück dazu ist. Aber es gibt da ein winziges Detail, in dem er sich unterscheidet.«

Eva hätte diesem Mann am liebsten den Hals umgedreht. Sie hasste es, wenn jemand die Spannung unnötig in die Länge zog. Sie verkniff sich allerdings eine weitere bissige Bemerkung, als Jürgen sie dezent anstieß.

»Sie wollen jetzt sicher wissen, was das ist, habe ich recht?«, fragte der Mann überflüssigerweise. »Nun, es ist das Datum, oder besser gesagt die Jahreszahl. Der Ring, der in diesem Hause geschmiedet wurde, trägt das Datum 11.05.2008.«

Eva traf fast der Schlag. »Dann haben wir ja jetzt schon drei Ringe, die im Prinzip identisch sind, aber aus verschiedenen Jahren stammen«, stellte sie mit ernster

Miene fest. »Das kann doch unmöglich ein Zufall sein. Und es handelt sich ganz bestimmt auch nicht um drei verschiedene Frauen, die Maren heißen.«

Der alte Mann sah sie mit Unverständnis im Blick an. Natürlich, wie sollte er ihr auch folgen können.

»Haben Sie vielleicht Fotos von dem Ring gemacht, der hier gefertigt wurde?«, fragte Eva.

Der Mann lächelte. »Aber natürlich, hier verlässt kein Stück den Laden, ohne dass wir die Arbeit nicht in Wort und Bild festhalten. Man weiß ja nie, ob nicht ein Stück nachgefertigt werden muss, weil es verlorenging.«

»In der Tat«, murmelte Eva. »Die Gefahr besteht wohl immer. Aber was ist eigentlich mit dem Namen des Auftraggebers?«

Der Mann blätterte kurz in den Papieren. »Ah, hier habe ich's. Er heißt Axel Weiland.«

»Verdammt, das wird ja immer interessanter«, meinte Eva. »Kann ich Ihre Unterlagen eventuell für die weitere Ermittlung ausleihen?«

Der Mann formte einen spitzen Mund. »Ähm ... eigentlich nur sehr ungern, junge Frau.«

»Sie bekommen Sie auch bestimmt zurück«, versprach Eva und zog schon an der anderen Ecke des Stapels. »Es ist wirklich enorm wichtig für uns.«

»Aber ich möchte sie unbeschadet zurück«, sagte der Mann und gab dem Druck von Eva nach.

»Was hältst du von der ganzen Sache?«, fragte Eva, als sie später mit Jürgen im Restaurant saß. Sie hatten sich in ein erschwingliches Hotel eingemietet, weil es nach Evas Ansicht noch einiges in Köln zu ermitteln gab.

»Tja, schwer zu sagen. Aber es scheint so, als ob dieser Weiland seiner Maren jedes Jahr einen weiteren Ring schenkt.«

»Ist doch komisch, oder?« Eva teilte eine Kartoffel und schob sich ein Stück davon mit ein wenig Gemüse in den Mund. »Das macht doch kein normaler Mensch.«

»Hast du eine Ahnung, was Menschen alles machen«, sagte Jürgen. »Ich hatte da mal einen Gast in meiner Touristinfo, der ...« Weiter kam er nicht, denn Eva schnitt ihm das Wort ab.

»Sorry, aber bitte verschone mich mit deinen Urlaubern. Davon habe ich nun wirklich die Nase voll. Wenn dieser Bekloppte seiner Angebeteten nun tatsächlich jedes Jahr einen Ring schenkt, dann ist das doch wirklich sein Problem. Und wenn unser Romeo genügend Kohle hat, dann ist das für ihn sicher überhaupt keine große Sache.«

Sie sah verzweifelt auf den letzten Schluck Wein in ihrem Glas.

»Soll ich dir noch einen bestellen«, erriet Jürgen ihr Verlangen.

»Oh ja, das wäre nett. Ich hätte heute Abend so richtig Lust, mir einen anzuzwitschern. Wir haben uns doch richtig lächerlich gemacht mit unserer Ring-Ding-Sache.« Sie kicherte.

Keinen Schluck mehr dachte Jürgen und winkte nach dem Kellner und bestellte noch eine Flasche. Es gefiel ihm ja, dass sie endlich mal ein wenig lockerer wurde. Und wer weiß, dachte er, vielleicht ... aber soweit wollte er nun wirklich nicht gehen. Am Ende legte sie ihn im Schlafzimmer noch die Handschellen an.

»Was ist so komisch?«, fragte Eva, als sie das Lächeln entdeckte, das um Jürgens Mundwinkel spielte.

»Ach nichts, ich fühle mich einfach nur wohl hier mit dir und diesem spannenden Fall.«

»Veräppeln kann ich mich alleine. Sag mal, wo bleibt der Wein?«

Im nächsten Augenblick trat der Kellner an den Tisch und schenkte nach.

»Also, nochmal zu Maren«, sagte Eva und wischte sich mit der Serviette über den Mund. »Natürlich könnte alles ganz harmlos sein, gib's du mir recht?« Jürgen nickte und prostete ihr zu. »Aber dann muss man sich natürlich fragen, warum dieser Weiland mir nach dem Leben trachtete. Richtig?«

Jürgen nickte erneut und sie ließen ihre Gläser aneinanderklirren.

»Also bleibt uns nichts anderes übrig, als in ganz Köln alle Juweliere abzuklappern und nach Ringen zu fragen, die aussehen wie unsere, nur eine andere Jahreszahl eingraviert haben. Richtig?«

»Bingo«, rief Jürgen aus. »Ich sag ja immer, man sollte auf Frauen vertrauen. Ähm, war das jetzt ein Reim?« Er kicherte.

»Geht sicher als einer durch, wenn man kein Ringelnatzfan ist«, antwortete Eva.

Sie schäkerten noch ein wenig herum, bis Eva plötzlich von unsäglichen Kopfschmerzen überfallen wurde und auf ihr Zimmer floh.

Am nächsten Morgen machten sich die beiden nach dem Frühstück auf den Weg und durchkämmten im wahrsten Sinne des Wortes die Kölner Innenstadt. Ihre Suche beschränkte sich auf Juweliere, die noch einen Goldschmied beschäftigten, denn es war klar, dass sie es nicht mit maschinell hergestellter Massenware zu tun hatten. Bereits beim sechsten Laden hatten sie Glück. Auch dort erinnerte man sich an diese selten schöne Anfertigung. Eingraviert war das Jahr 2009. Ganz beflügelt von diesem Ergebnis verlief der weitere Tag wie im Flug und sie hatten auch das Jahr 2007 gefunden.

»Das ist doch einfach unglaublich«, stellte Eva erschöpft fest, als sie sich am Nachmittag ein Plätzchen in einer italienischen Eisdiele gesucht hatten. »Was bezweckt der Mann bloß mit diesen vielen Ringen?«

»Vielleicht ist das so eine Art versprechen von ihm«, schlug Jürgen vor. »So nach dem Motto *Ich kaufe dir jedes Jahr einen Ring, um unsere Liebe aufzufrischen.*«

»Würdest du jemals so etwas Verrücktes für eine Frau tun?«

»Ich hab kein Geld, das weißt du ja.«

»Aber ich verstehe immer noch nicht, warum dann die alten Ringe einfach verloren gehen.«

»Vielleicht ist das ja alles ganz anders. Es könnte doch sein, dass unser Pärchen den neuen Ring mit dem Ritual feiert, den alten an einer bestimmten Stelle zu platzieren.«

Eva sah Jürgen anerkennend an. »Ein sehr interessanter Gedanke für einen, der eine Touristinfo leitet, Respekt. Und das hieße dann, dass wir, wenn wir weiter nachforschen würden, noch mehr von den Dingern in die Finger kriegen würden.«

»Dazu müssten sie ja erst einmal gefunden werden.«

»Weißt du, was mir gerade für ein Gedanke kommt?«, fragte Eva plötzlich und ließ ihren Eislöffel fallen. Jürgen schüttelte mit dem Kopf. »Es ist bald wieder der elfte Mai.«

Jürgen starrte sie mit offenem Mund an und sagte dann: »Du denkst, er schlägt bald wieder zu?«

»Aber natürlich. Er braucht doch wieder einen Ring für Maren. Und wenn unsere Vermutung richtig ist, dass er dafür immer einem Juwelier in Köln und sagen wir mal in der näheren Umgebung aufsucht, dann brauchen wir doch nur noch wie die Katze vor dem Mauseloch hocken und warten, bis die Falle zuschnappt.«

»Jesses«, sagte Jürgen.

»Genau. Wir haben noch eine Menge zu erledigen. Zahl du mal und dann geht's los.«

Die nächsten Stunden waren für Eva und Jürgen der reinste Marathonlauf. Zunächst hatten sie sich ein Branchenbuch besorgt und nach Goldschmieden in Köln und Umgebung gefahndet. Da sie jeden Laden persönlich aufsuchen wollten, rief Jürgen auf Langeoog und Eva bei den Kollegen in Wittmund an und sorgten für Vertretungsregelungen. Eva informierte danach noch Klara, damit sie sich keine Sorgen machte. Auch nicht um ihren Opel. Sie kurvten damit kreuz und quer durch überfüllte Straßen und über Autobahnen. Jürgen hatte das Fahren übernommen, da Eva beim dritten Porsche, der ihr die Vorfahrt nahm, beinahe einen Tobsuchtsanfall bekommen hatte. Am späten Abend hatten sie so über zwanzig Goldschmiede aufgesucht und informiert. Ein weiterer Hinweis auf einen Ring war leider nicht dabei gewesen. Sie hatten die Inhaber gebeten, sie sofort zu informieren, falls ein Mann mit dem Wunsch käme, genau so einen Ring mit dem Namen Maren und dem Datum des elften Mai anfertigen zu lassen. Es stand viel auf dem Spiel. Das zumindest glaubten Eva und Jürgen. Die Ladenbesitzer hatten den Auftritt der Insulaner teilweise mit einem Lächeln kommentiert, der Eva zusätzlich zu der Tatsache, dass man Jürgen für den Hauptermittler gehalten und angesprochen hatte, wütend gemacht hatte.

Drei Tage lang ging es so weiter. Und Eva schwor sich, ihre nächste Reise nach Köln in Turnschuhen anzutreten.

Jetzt saßen sie wieder in ihrem Hotelrestaurant und tranken Wein. Und warteten, denn die Liste der Juweliere war tatsächlich abgearbeitet. Die nächsten Tage vergingen mit warten, grübeln und Anflügen von Verzweiflung, bis sie wieder Wein tranken und vergaßen, dass sich noch immer niemand gemeldet hatte.

Abends fiel Eva todmüde in ihr Bett und konnte trotzdem nicht schlafen. Was mache ich hier?, fragte sie sich mehr als einmal. Verbringe meine Zeit mit Ermittlungen in einer großen Stadt, die vielleicht ins Nichts führen. Und das mit einem Mann an meiner Seite, der nicht einmal Ermittler ist. Was wollte Jürgen überhaupt hier? Bei dem Gedanken wurde sie ärgerlich und stieß ihre Bettdecke mit dem Fuß nach unten. Es war ihr zu warm. Ein wenig brummte ihr der Schädel und irgendetwas in ihr drehte sich zudem.

Was hätte man mit Ende vierzig nicht alles Schöneres machen können? Sie könnte verheiratet sein, Enkelkinder haben, diese hüten und überhaupt ein sorgloses Leben neben einem verdammten Mann führen, der sie versorgte. Stattdessen stand sie vor dem Nichts. Mit Jürgen. Immer wieder dieser Mann an ihrer Seite, der ihr nichts als Ärger machte, dafür aber wenigstens die Rechnungen zahlte. Und sie war weder dumm noch naiv, er würde dafür schon irgendwann eine Belohnung erwarten. Und sie war sich nicht sicher, ob sie ihm diese wirklich würde geben können. Natürlich mochte sie ihn. Aber nun ja, auch nicht so sehr, dass sie ihre Prinzipien wegen ihm in hohem Bogen über Bord schleudern würde. Sie musste ihm am nächsten Tag unbedingt reinen Wein einschenken. Als sie an Wein dachte, wurde ihr übel und sie rannte zur Toilette.

Danach ging es ihr wesentlich besser und sie schlief kurz darauf ein.

»Eva, ich finde, wir sollten abreisen.« Es war Jürgen, der ihr am nächsten Morgen beim Frühstück mit diesem Vorschlag zuvorkam.

»Du hast völlig recht«, sagte Eva erleichtert. »Es macht wirklich keinen Sinn, hier jetzt noch zwei Wochen herumzuhängen. Wenn der Mann auftaucht, dann wird man uns ... ähm, ich meine, dann wird man mich informieren.«

»Genau. Und dann werden wir zusammen wieder hierher fahren. Ich hoffe, ich habe mich klar und deutlich ausgedrückt.«

»Aber du willst doch wohl nicht etwa auch so lange bei Klara wohnen, oder?«

»Nein, aber nur, wenn du mir nicht versprichst, dass du nicht ohne mich wieder nach Köln fahren wirst, sobald ein Hinweis eingeht.«

Eva überlegte einen kurzen Moment, doch dann nickte sie zum Einverständnis. Er hatte ja auch recht, es war zu gefährlich für sie als Frau, diesem Weiland alleine gegenüberzutreten. Und für die Einschaltung der Kollegen in Köln hatte sie einfach nichts in der Hand. Diese Großstadtpolizisten würden sie nur auslachen, wenn sie von ihrer Geschichte erzählte. Das wusste sie aus Erfahrung. In Großstädten spielten sich ganz andere Verbrechen ab, als dass jemand goldene Ringe verlor und diese durch neue ersetzte.

Zwei Stunden später waren sie bereits wieder auf der Autobahn.

Ringlein Ringlein...

»Hallo mein Schatz, ich bin wieder da.« Mit fröhlicher Stimme betrat er den Hausflur und legte die Wagenschlüssel in der dafür vorgesehenen Glasschale auf der Anrichte ab. Heute war für ihn ein ganz besonderer Tag gewesen. Sein Besuch beim Juwelier hatte ihn sein halbes Vermögen gekostet, doch das war Maren wert. Für sie durfte es sowieso immer nur das Beste sein. Sie würde Augen machen, wenn er den funkelnden Brillanten an ihren Finger steckte. Sein Adrenalinspiegel stieg in ungeahnte Höhe bei diesem Gedanken.

»Bist du oben, mein Schatz«, rief er. »Ruh dich noch ein wenig aus, ich bereite uns das Abendbrot vor.«

Ein Teller mit Lachs, ein Gläschen Champagner, und ja, heute zur Feier des Tages auch ein wenig Kaviar schön zurechtgemacht mit ein wenig Brot und Öl. Das Diner war perfekt. Er trug das Tablett nach oben.

»Liebling, ich habe uns eine köstliche Kleinigkeit gezaubert. Und hier, ein Gläschen Champagner zur Feier des Tages. Aber der Rest wird nicht verraten.« Er lachte und stellte das Tablett auf dem Nachtschrank ab. Dann ging er hinüber zur kleinen Musikanlage und legte den Bolero auf. Es würde eine schöne Nacht werden.

Eva wieder in Esens

»Du kommst alleine zurück, Kindchen?«, wunderte sich Klara, als sie Eva die Tür öffnete.

»Ja, er ist auf die Insel zurück. Er muss ja seine Touristinfo wieder übernehmen und ich dachte mir, ich bleibe noch ein wenig hier in Esens.«

»Das ist eine hervorragende Idee«, sagte Klara. »Ich mach uns dann mal ein Tässchen Tee.«

»Das scheint ja wohl dein Lieblingsgetränk zu sein«, neckte Eva, die sich schon wieder auf die gemütliche Teestunde freute.

»Was ist das eigentlich für eine Geschichte mit dir und diesem Jürgen?«, fragte Klara, als sie mit einem Tablett ins Wohnzimmer kam.

»Geschichte? Da gibt es keine Geschichte«, wehrte Eva ab.

»Aber das sieht doch ein Blinder mit Krückstock, dass Jürgen in dich verliebt ist.«

»Das glaube ich nicht. Jürgen hilft mir nur ab und zu bei der Arbeit. Auf der Insel bin ich ja ganz alleine unterwegs und da ist es schön, wenn man einen Insider an seiner Seite hat.«

»Ja ja, mir kannst du das ja erzählen. Aber blind und taub bin ich noch nicht.« Klara tat für sich und Eva ein Stück Torte auf.

»Also wirklich Klara, eigentlich wollte ich noch ein wenig abnehmen für meine bevorstehende erste Badesaison auf der Insel. Wie soll das denn so funktionieren?« Eva zeigte auf den dicken Sahneberg, der im Zeitlupentempo zur Seite kippte.

»Man kann auch mit ein zwei Kilo mehr auf den Rippen noch ganz wunderbar schwimmen«, stellte Klara fest.

»Ja, aber nicht in einem Badeanzug Größe vierundvierzig. Dann nennt man das nämlich nicht mehr schwimmen, sondern treiben.«

»Kindchen, Kindchen, komm du erst mal in mein Alter. Dann werden ganz andere Dinge wichtig.« Versonnen schlürfte Klara an ihrem Tee und sah aus dem Fenster.

Eva sah Klara aus dem Augenwinkel heraus an. Was wusste sie eigentlich von der netten alten Dame? War sie vielleicht wirklich zu egoistisch, wenn sie immer nur ihre eigenen Probleme in den Mittelpunkt stellte? Und wie musste es auf Klara wirken, wenn sie sich um ein paar Pölsterchen Gedanken machte? Klara hatte in ihren jungen Jahren sicher viel Schlimmeres erlebt. Plötzlich kam sie sich ziemlich oberflächlich vor.

»Du hast sicher recht«, sagte sie, »es muss einen nicht interessieren, was andere denken.« Klara reagierte nicht darauf und sah weiter ins Leere. Zu gerne hätte Eva jetzt Anteil an ihren Gedanken gehabt. Wie fühlte es sich wohl an, wenn man dem Ende seines Lebens immer näher kam? Ob sich dann alle Dinge des Alltags relativierten? Man freute sich an den kleinen Dingen des Lebens. Stand beschwingt auf, wenn die Knochen am Morgen mal nicht schmerzten. Genoss jedes bisschen Glück, oder was man dafür hielt. Sie konnte sich gar nicht vorstellen, dass ihr Leben überhaupt endlich war. Mit Ende vierzig fühlte man es noch nicht.

»Was hast du gesagt, Kindchen?« Klara erwachte offensichtlich aus ihrer Lethargie, die sie ganz weit weggetragen hatte.

»Ach, nicht so wichtig«, antwortete Eva. »Ich habe nur wieder einmal festgestellt, wie schön es doch hier bei dir und einer schönen Tasse Ostfriesentee ist. Und na ja, der Kuchen schmeckt auch wie immer fantastisch.«

Klara lächelte zufrieden.

Am nächsten Morgen machte Eva sich auf den Weg zu den Kollegen nach Wittmund. Sie waren ja immer noch mit der Suche nach Axel Weiland beschäftigt, den es eigentlich vom Namen her gar nicht gab. Und auch sie waren in den letzten Tagen nicht weitergekommen. Eva schilderte kurz die Ereignisse in Köln. Von Jürgen erwähnte sie lieber nichts. Sie wusste, dass man sie auch so als Frau alleine auf der Insel nicht ganz für voll nahm. Wenn sie jetzt auch noch Unterstützung von einem Ladenbesitzer in Anspruch nahm, war sie sicher völlig unten durch. Die Polizisten aus Wittmund hörten sich ihre Geschichte mit Stirnrunzeln und skeptischen Blicken an. Wahrscheinlich hielten sie sie für überdreht. Der eine meinte dann auch, dass doch alles ganz harmlos sein könne und sie sicher auf der Insel ganz gut aufgehoben wäre. Eva schwor sich, diese Truppe so schnell nicht wieder zu besuchen.

Ratlos stand sie anschließend vor der Tür. Was sollte sie jetzt machen? Sie sah auf ihr Handy. Jürgen nicht und auch sonst keiner hatte sich gemeldet. Plötzlich fühlte sie sich wie in einem tiefen Loch, aus dem sie nur mühsam wieder herausklettern konnte. Es fühlte sich alles so träge an. Hatte sie sich vielleicht doch in eine Geschichte verrannt und machte sich hier gerad total lächerlich? Sie musste an Klara denken. Sie stellte sich vor, wie diese gerade den Frühstückstisch abräumte, das Geschirr spülte und die letzten Krümel ordentlich mit einem Spültuch von der Wachstischdecke wischte. Dann würde sie sich vermutlich ihrer Zeitung widmen, die sie immer in einem alten Lehnstuhl, der am Küchenfenster stand, las. Und was genau war eigentlich so falsch daran? Eva fragte sich, warum sie eigentlich nie so zur Ruhe kam. Immer fühlte sie sich auf dem Sprung, gab es etwas Wichtiges zu erledigen. Wann hatte sie das letzte Mal eine Zeitung gelesen oder die Nachrichten verfolgt? An ein Buch mochte sie gar nicht denken. Das war ewig her, obwohl sie doch früher eigentlich ganz gerne Krimis gelesen hatte. Doch seit sie selber mit dem Gedanken spielte, etwas zu schreiben, fehlte ihr die Muße, sich in andere Geschichten zu vertiefen, einfach mal fallen zu lassen. Sie lief zu Klaras altem Opel, setzte sich hinein und kurbelte das Fenster herunter. Es fing an, leicht zu tröpfeln. Für einen Spaziergang am Wasser nicht gerade die ideale Voraussetzung. Aber zurück nach Esens mochte sie jetzt auch noch nicht fahren. Sie wurde das Gefühl nicht los, dass Klara die Vormittagsstunden alleine in ihrer kleinen gemütlichen Wohnung mit ihrer Zeitung genoss. Da wollte sie nicht stören. Fast schon war sie neidisch auf die Vorstellung, der Zeit einfach mal den Rücken zu kehren.

Schließlich entschied sie, mal wieder nach Harlesiel zu fahren. Dort wollte sie sich in das Restaurant direkt am Fähranleger setzen und den Wellen zusehen. Wer weiß, dachte sie, vielleicht gelingt es mir ja mal für eine Stunde, einfach zu genießen.

Und tatsächlich, als sie mit ihrem Kännchen Kaffee und einem leichten Salat an einem Tisch saß, kam sie langsam zur Ruhe und die trüben Gedanken flogen dahin. Vielmehr machte sie sich ein ganz anderes Gefühl breit. Sie vermisste Jürgen. Und bei dem Gedanken an ihn wurde es ihr ganz warm ums Herz. Hatte dieser penetrante Hobbyermittler und Lebensretter sich etwa fest in ihre Gedankenwelt geschlichen? Schnell wischte sie Bilder, die sie beide einträchtig am Wasser entlanglaufen ließen, wieder beiseite. Man musste es ja nicht übertreiben. Aber warum hatte er denn immer noch nicht angerufen? Schließlich war es fast vierundzwanzig Stunden her, dass sie sich nicht mehr gesprochen hatten. Es hätte ihn zumindest interessieren können, ob sie schon etwas Neues in Erfahrung gebracht hatte. Ob er sie bewusst zappeln ließ? Nun, sie jedenfalls würde ihm nicht den Gefallen tun, anzurufen. Dafür war sie doch viel zu sehr beschäftigt. Basta.

Eva war schon fast wieder in Esens angekommen, als ihr Handy klingelte. Umständlich zog sie es aus ihrer Jackentasche und wäre fast auf den Seitenstreifen geraten. Das hätte ihr noch gefehlt, Klaras alten Opel zu Schrott zu fahren. Auf dem Display blinkte eine Nummer aus Köln. Abrupt bremste Eva ab, hinter ihr hupte jemand, und sie bog in den nächsten Landweg ein, hielt an und nahm das Gespräch atemlos an.

»Ja, hallo?«

»Ist da Eva Sturm, die Polizistin«, fragte eine Männerstimme.

»Aber ja«, sagte sie, während der Wagen mit einem Knall absoff.

»Hier ist Juwelier Bremer«, sagte der Mann. »Sie haben mich vor ein paar Tagen aufgesucht … ich sollte sie anrufen, wenn ein bestimmter Auftrag bei mir eingehen sollte.«

Eva nickte, doch das konnte der Mann nicht sehen. »Stimmt. Sagen Sie bloß, er war da?«, fragte sie aufgeregt.

»Ich denke schon. Auf jeden Fall soll ich einen Ring mit der Gravur *Maren 11.05.2015* anfertigen.«

»Oh mein Gott«, stieß Eva aus. »Wir haben ihn. Können Sie mir die Adresse vielleicht per SMS schicken, ich bin gerade unterwegs und kann mir nichts notieren.«

»Aber natürlich. Geht gleich raus«, sagte der Mann, verabschiedete sich und legte auf.

Eva starrte auf ihr Handy. Warum dauerte es denn so lange? Dann endlich vibrierte das Ding. Schnell öffnete sie die Nachricht und las einen Namen mit Adresse in Bergisch Gladbach. Sofort wählte Eva Jürgens Nummer.

»Ich hab sie«, rief sie in den Hörer, als dieser abnahm.

»Was?«, fragte Jürgen verdutzt.

»Na, die Adresse unseres Täters. Er wohnt in Bergisch Gladbach und hat einen Ring in Auftrag gegeben.«

»Nun flipp bloß nicht gleich aus. Und fahr ja nicht alleine wieder da runter. Ich komme mit der nächsten Fähre und da wirst du mich abholen, verstanden?«

Eva sah ihr Handy irritiert an. War das wirklich Jürgen, der da sprach.

»Geht klar«, sagte sie schnell und hoffte, dass der Opel ihr den letzten Stopp nicht übel nahm und wieder ansprang.

Sie hatte Glück. Der Wagen hustete zwar ein wenig, doch der Motor startete wieder, so dass sie weiter nach Esens fahren konnte.

Klara war nicht da, als sie in der Wohnung ankam. Schnell packte sie ein paar Sachen zusammen, stopfte sie in ihren Rucksack und schrieb einen Zettel für Klara, den sie auf den Küchentisch legte.

Dann fuhr sie Richtung Bensersiel.

Der große Tag

Er hatte die halbe Nacht nicht schlafen können. Immer wieder wurde er von wilden Träumen geplagt, die damit endeten, dass er von dem Bellen eines Hundes erwachte. Warum träumte er von Hunden? Es war so lange her, dass er einen Hund gehabt hatte. Es war ein Mischlingshund gewesen, den er von einem Schulfreund geschenkt bekommen hatte. Naiv, wie Kinder waren, hatte er das Tier freudestrahlend mit nach Hause gebracht. Seine Mutter hatte sich vor Schreck ans Herz gefasst und der Vater hatte das Tier mit in den Garten genommen. Er hatte ihn nie wieder gesehen. Und auch sein Wunsch, einen Hund als Freund zu haben, war mit einem Schlag verflogen. Nie hatte er sich getraut, nach dem Verbleib des Hundes zu fragen. Instinktiv wusste er, dass das Tier nicht mehr lebte. Seine Mutter hatte ihn in den Arm genommen, als sie sah, wie seine Tränen immer schneller seine Wangen hinabliefen. Sie hatte geschwiegen.

»Liebling«, sagte er vom Schlaf verkatert. »Geht es dir gut? Ich werde uns gleich ein schönes Frühstück bereiten. Es ist doch Sonntag, da soll man es sich schön machen. Möchtest du auch ein weiches Ei? ... Sicher, ich werde darauf achten, dass es genau fünf Minuten sind.«

Er quälte sich aus dem Bett und fuhr sich mit beiden Händen durchs Haar. So schlecht war es ihm schon lange nicht mehr gegangen. Musste ihn ausgerechnet jetzt, wo er und seine perfekte Frau vor dem Ziel ihrer Träume waren, die Vergangenheit einholen? Er hatte keine Lust, an seine Eltern zu denken. Er hatte sie schon vor vielen Jahren aus seinem Gedächtnis und dem Alltag verbannt.

Er stand auf und lief ins Badezimmer. Er streifte seinen Pyjama ab und warf ihn in die Wäsche. Er trug seine Kleidungsstücke immer nur einmal. Es sollten sich keine Gefühle darin einnisten. Vergangenheit gab es somit einfach nicht. Langsam fügte sich seine Gedankenwelt wieder wie ein Puzzle zusammen. Es war alles richtig, was er tat. Genauso sollte es sein. Er stellte sich unter die Dusche und ließ das Wasser lange laufen.

Als er fertig war, ging er hinunter in die Küche. Alles stand an seinem Platz. Das beruhigte ihn ein wenig. Seine Welt war in Ordnung. Nein, sie war perfekt und bald auch vollkommen. Nämlich dann, wenn er ihr endlich den Ring ansteckte. Dann wäre sie für immer sein. Niemand könnte sie dann mehr trennen.

Eva und Jürgen in Bergisch Gladbach

Sie wechselten nicht viele Worte, als Jürgen von der Fähre kam.

»Auf geht's«, sagte Eva nur. »Er heißt Walter Bertrusch und hier ist die Adresse.« Sie reichte ihm ihr Handy.

»Okay, dann man los«, sagte Jürgen. Es gefiel ihm, dass Eva so viel Vertrauen zu ihm hatte. Wie selbstverständlich sie hier jetzt zusammensaßen. Er hatte vom ersten Tag an, als sie auf die Insel kam, davon geträumt. Warum, das wusste er gar nicht so genau. Eva war keine Frau, die Männer um den Finger wickeln konnte. Aber wenn man sich mal in ihr verbissen hatte, dann kam man einfach nicht mehr los. Das war eigentlich der viel gefährlichere Frauenschlag, hatte er einmal gedacht, als sie ihn wieder hatte abblitzen lassen.

»Was ist los, warum grinst du so dämlich?«, fragte Eva.

»Ach, gar nichts«, sagte er nur amüsiert. »Soll ich fahren?«

»Glaubst du etwa, ich bin dazu nicht fähig?« Schon fuhr sie ihre Krallen wieder aus.

»Ich mein ja nur«, grinste Jürgen. Sie war doch so berechenbar. Es machte ihm Spaß, sie auf die Palme zu bringen.

Dass er es aber auch immer wieder schaffte, sie wütend zu machen, dachte Eva grimmig. Eigentlich könnte es ihr doch völlig schnuppe sein, was er dachte, wenn sie fuhr. Schließlich war er doch freiwillig hier. Sie gab Gas und der alte Opel heulte auf.

Am frühen Abend kamen sie heil in Köln an. Sie hatten sich wieder in das gleiche Hotel eingemietet. Sie mochten beide keine großen Überraschungen.

»Sollen wir erst mal unsere Sachen auf unsere Zimmer bringen und dann etwas essen?«, fragte Eva und rieb sich die Augen.

»Gute Idee«, meinte Jürgen.

Sie bestellten sich an der Rezeption einen Tisch für zwanzig Uhr.

Auf ihrem Zimmer warf Eva sich erst einmal lang aufs Bett. Was waren das bloß für komische Gefühle, die sich seit einiger Zeit einstellten, wenn sie Jürgen sah. Er war doch nun wirklich nicht gerade ihr Traummann. Musste sie in ihrem Alter denn schon nehmen, was sich bot? Aber nein, sie wollte auch nicht gemein über ihn denken. Er war ja sogar jünger als sie. Wenn auch nur ein paar Jahre. Und wenn man über vierzig war, war das sowieso egal, entschied sie schnell. Sie hatte auf jeden Fall den aufregenderen Job, und das hielt jung. Sie zog ihr rechtes Bein an, so dass es im Knie knackte. Na ja, jung war doch auch irgendwie relativ. Da sie nicht recht zur Ruhe kam, entschied sie sich für eine heiße Dusche, bevor es zum Essen ging.

Sie legte sogar ein wenig Make-up auf, als sie sich für das Abendessen fertigmachte. Klara wäre dazu sicher der Spruch mit der Nachtigall eingefallen, dachte sie amüsiert, als sie sich im Spiegel betrachtete.

»Da bist du ja endlich«, empfing Jürgen sie, der bereits am Tisch saß, als sie ins Restaurant kam. »Ich verhungere gleich.«

»Damit solltest du warten, bis wir den Täter geschnappt haben«, sagte Eva gutgelaunt. Es fühlte sich verdammt gut an, immer öfter mit einem netten Mann zu Abend zu essen.

»Was hast du denn jetzt genau vor?«, fragte Jürgen, während seine Augen über die Speisekarte wanderten.

»Ich denke, wir sollten morgen mit der Observation anfangen. Und wenn wir Glück haben, kommen wir sogar in die Wohnung, wenn die beiden Turteltauben sie mal verlassen.«

»Du willst da einbrechen?«, fragte Jürgen und sah entgeistert auf.

»Einbrechen? Was für ein böses Wort«, lachte Eva. »Ich bevorzuge da den Ausdruck, sich einen Überblick verschaffen.«

Sie speisten genüsslich und tranken dazu Wein. Evas Zunge wurde immer lockerer und am Ende des Abends hakte sie sich sogar bei Jürgen ein, als er sie zu ihrer Zimmertür, aber auch keinen Schritt weiter, brachte.

»Gute Nacht, schlaf gut«, sagte er und gab ihr einen Kuss auf die Wange. Dann drehte er sich um und lief über den Flur zu seinem Zimmer.

Als Eva die Tür hinter sich schloss, wusste sie, was ihr die ganzen Jahre gefehlt hatte. Aber wieso hatte er eigentlich nicht versucht, mit ihr aufs Zimmer zu gehen? Fand er sie am Ende doch nicht attraktiv genug? Da waren sie wieder, die bösen Gedanken, die mit Macht die Schmetterlinge vertrieben. Grimmig stieg Eva ins Bett.

Am nächsten Morgen waren ihre dunklen Gefühlen verflogen. Sie hatte jetzt ein Ziel. Sie wollte den Täter dingfest machen, um endlich mit der Geschichte mit den Ringen abzuschließen. Und sie war diesem Ziel verdammt nahe. Beschwingt lief sie ins Foyer, wo sie mit Jürgen zum Frühstück verabredet war.

»Wollen wir uns unterwegs ein paar Croissants und Coffee to go besorgen?«, fragte Jürgen, als besitze er plötzlich hellseherische Fähigkeiten.

»Gute Idee«, stimmte Eva sofort zu. Sie war viel zu nervös, als dass sie sich mit ihm in den Frühstücksraum hätte setzen können.

Es dauerte keine Stunde, bis sie endlich vor einem wunderschönen Einfamilienhaus im Grünen standen.

»Also, Geld hat er auf jeden Fall«, stellte Eva bewundernd fest. »Da lässt es sich sicher gut aushalten.

»Und was das alles kostet, sowas in Schuss zu halten.«

»Du nun wieder, ganz der Fachmann«, lachte Eva.

Sie hatten sich unter einer Baumreihe in einer Seitenstraße postiert. Von hier aus hatten sie einen guten Überblick auf das gesamte Geschehen und das Haus, in dem Walter Bertrusch und Maren wohnten. Die Frau, deren Mann aus lauter Jux und Dollerei goldene Ringe in alle Welt verstreute. Das musste man sich erst mal leisten können. Ob sie eine ganz außergewöhnliche Schönheit besaß, so dass Walter gar nicht anders konnte, als ihr andauernd Ringe zu schenken? Eva konnte es gar nicht mehr abwarten, sie endlich kennen zu lernen.

Mit einem Blick auf ihren Nebenmann kam ihr der Gedanke, dass Jürgen ihr nicht mal verzeihen würde, wenn sie einen halbleeren Joghurtbecher in den Müll warf. Nun ja, sie war ja auch keine anbetungswürdige Schönheit, der man alles verzieh.

»Jetzt müssen wir hier also rumsitzen, bis sich im Haus was bewegt«, sagte Jürgen und kramte in der Brötchentüte herum.

»Du bist freiwillig hier«, entgegnete Eva. »Gib mir doch bitte auch ein Croissants.«

»Es ist ja noch recht früh«, meinte Jürgen, der ihre bissige Bemerkung nicht kommentierte. »Wann gehen solche Leute denn in der Regel aus dem Haus?«

»Also, wenn er im Büro arbeitet, dann sicher nicht vor neun, würde ich sagen.« Eva trank einen Schluck Kaffee aus ihrem Pappbecher. »Und vielleicht ist er ja sogar selbständig und Firmenbesitzer, dann könnte es sein, dass er sogar zuhause arbeitet.«

»Na toll, dann würden wir ja den ganzen Tag hier umsonst herumstehen.«

»He, ich habe dich nicht mitgenommen, damit du mir die Stimmung vermiest«, raunte Eva. »Das ist nun mal der Polizeijob, dass man auch mal einfach nur abwarten und beobachten muss.«

»Ist ja schon gut«, lenkte Jürgen ein. »Ich bin das viele Herumsitzen einfach nicht gewohnt. In meinem Laden ist immer was los, ständig renne ich durch die Gegend.«

»Das kannst du ja bald wieder«, sagte Eva. »Ich denke nicht, dass die beiden sich im Haus verkriechen. Und das Wetter ist auch klasse. Also wird zumindest Maren irgendwann sicher shoppen gehen. So machen die Reichen das glaube ich.«

»Da bewegt sich was«, sagte Jürgen plötzlich. »Guck mal, das Garagentor fährt hoch.«

»Tatsächlich, er fährt weg. Kannst du sehen, ob er alleine im Wagen sitzt?« Beide machten lange Hälse, wobei Jürgens noch ein wenig höher ragte, da sein Rücken länger war.

»Ich glaube, es ist nur der Mann«, sagte er schließlich.

»Was heißt glauben?«, fuhr Eva ihn an, die ihren anatomischen Nachteil bemerkt hatte. Sie sah nämlich nichts außer einem metallicgrauen Wagendach, dass die Straße entlangfuhr.

»Ich bin mir sicher«, korrigierte Jürgen. »Der Mann war alleine im Wagen.«

»Dann ist Maren also noch im Haus«, konstatierte Eva. »So was Blödes. Was machen wir denn jetzt? Sollen wir dem Bertrusch nachfahren?«

»Was sollte das für einen Sinn machen«, meinte Jürgen, der keine Lust auf eine Verfolgungsjagd mit einem alten Opel und Eva am Steuer hatte. »Der kommt doch von selbst wieder nach Hause.«

»Na, tolle Logik. Wenn alle Polizisten so denken würden, dann könnte der Staat eine Menge Sprit sparen.« Eva war irgendwie genervt von Jürgens Pragmatismus. Wieso hatte er denn so gar keine Abenteuerlust im Blut? So ein Langweiler. Der war doch eigentlich ganz gut in seiner Touristenbude aufgehoben.

»Dann mach du doch einen Vorschlag«, sagte Jürgen gereizt. »Du bist doch schließlich hier die Fachfrau. Ich pass ja nur auf dich auf.«

Eva wog in Sekundenschnelle ab. Wenn sie jetzt ausrastete, dann war der Tag gelaufen und sie könnten zurück zum Hotel fahren, bevor sie sich die Köpfe einschlugen. Sie atmete tief ein und aus. Wo war eigentlich das schöne Gefühl von gestern Abend geblieben?

»Ich würde sagen, wir gucken uns jetzt einfach mal ein bisschen beim Haus um«, schlug Eva mit zusammengepressten Zähnen vor.

»Von mir aus«, sagte Jürgen und stellte seinen Kaffeebecher auf dem aufgeklappten Handschuhfach ab.

Die beiden stiegen aus dem Wagen und liefen zum Haus. Eva klingelte dreimal mit kurzen Pausen. Als sich auch nach zehn Minuten nichts tat, lief sie ums Haus herum.

»Wo willst du hin?«, fragte Jürgen und blieb wie angewurzelt stehen.

»Ich muss jetzt wissen, was da drin los ist. Nun komm schon.«

Jürgen sah sich ein paarmal um und lief dann hinter Eva her, die bereits um die Hausecke verschwunden war. Als er bei ihr ankam, machte sie sich bereits an der Verandatür zu schaffen.

»Spinnst du jetzt total«, fuhr er sie an. »Das ist Einbruch.«

»Nenn es, wie du willst«, antwortete Eva knapp. »Ich will da jetzt rein.« Sie merkte, dass sie mit der Verandatür nicht weiterkam, und ließ ihren Blick über die Hauswand wandern. »Guck mal, so hoch, ist der Balkon eigentlich gar nicht.« Sie lief ein Stück weiter. »Wenn du mich hochhebst, dann komme ich vielleicht an den Rand und kann mich hochziehen.«

»Ich soll was?«, rief Jürgen aus. »Hochheben? Dich?«

Pikiert zog Eva den Bauch ein. »Na, du wirst das ja nicht machen, also muss ja wohl ich ... und Jürgen, wenn dir jemals etwas an mir gelegen hat, dann hilfst du mir jetzt da rauf.« Böse sah sie ihn.

Pflichtschuldigst faltete Jürgen seine Hände und bot ihr diese als Trittbrett an. »Versuch's mal, indem du da reinsteigst.«

»Na also, geht doch«, sagte Eva. Sie band ihren Schal ab und legte ihn in Jürgens Hände. »Damit ich die zarte Haut nicht zu sehr strapaziere«, sagte sie spitz und setzte ihren rechten Fuß hinein. Mit der rechten Hand stützte sie sich an seiner Schulter ab, während ihre Linke sich dem Rand des Balkons entgegenreckte. »Nun los heb mich hoch«, kommandierte sie.

Jürgen stöhnte und ächzte. Er drückte, so gut es ging, Eva in die Höhe.

»Mein Gott, du musst mich auch gerade halten, sonst wird das nichts.« Evas Nägel kratzten über den Beton. Immer wieder versuchte sie, die Eisenstande, die als Umrandung angebracht war, zu erreichen. »Nur noch ein paar Zentimeter, ich habe es gleich geschafft.«

Jürgen drückte und hob, presste Luft in seinen Brustkorb, so dass sein Gesicht rot anlief.

»Ich hab's«, rief Eva aus. Ihre linke Hand krallte sich um das kalte Metall. Ihr Gewicht lastete damit nicht mehr komplett in Jürgens Händen, so dass er durchatmen konnte. »Und jetzt musst du mir noch einmal einen guten

Schub geben, damit ich auch mit der rechten Hand halt finde«, sagte Eva keuchend. Zack. Das hatte geklappt. »Und jetzt drück einfach meinen Po nach oben«, forderte sie auf. Jürgen entfaltete seine frei gewordenen Hände und sah, wie Eva an der Stange baumelte. Wären sie hier nicht auf Verbrecherjagd gewesen, spätestens in diesem Moment hätte ihn ein gewaltiger Lachkrampf geschüttelt. Doch er riss sich zusammen. Wenn er jetzt passte, dann würde sie ihm das nie und nimmer verzeihen. Und nun ja, der Gedanke, jetzt an ihren Po zu dürfen, zauberte dann doch ein kleines Lächeln auf sein Gesicht, das Eva zum Glück nicht sehen konnte.

»Nun mach doch endlich«, schimpfte Eva. »Ich bin doch kein Affe, ewig kann ich mich hier nicht halten.«

Jürgen packte zu. Er nahm Evas Po in beide Hände und schob so ihren Körper hoch und höher. Unter Seufzern schaffte Eva es schließlich, ihren Körper über den Rand des Balkons zu hieven. Mit einem Poltern kam sie auf der anderen Seite auf dem Boden an.

»Nun sei doch nicht so laut«, flüsterte Jürgen. Er ließ seinen Blick in die Runde wandern. Das ganze Grundstück war von einem blickdichten Baumgürtel umrandet. Zusätzlich waren Wände gezogen, die von Efeu und anderen Kletterpflanzen bewuchert wurden. Also, selbst wenn dahinter Nachbarn beim Frühstück sein sollten, sie hätten garantiert nichts mitbekommen. Er hörte, wie Eva sich an einem Fenster zu schaffen machte. »Und kannst du rein?«, fragte er.

»Ich weiß nicht.« Eva beugte sich über den Balkon zu Jürgen. »Aber die Balkontür ist auf kipp gestellt. Ich hab mal bei Aktenzeichen gesehen, wie die Gauner das machen. Eigentlich muss es ganz einfach sein, so ein Fenster zu öffnen.« Sie verschwand wieder aus seinem Blickfeld.

Wenn das bloß gut geht, dachte Jürgen. Er sah sich bereits mit Eva, wie sie in Handschellen abgeführt und nach Guantanamo verfrachtet würden.

»Ich hab's«, rief Eva von oben.

Er hörte, wie sie im Haus verschwand. War es wirklich so einfach, in Häuser einzubrechen? Er hätte zumindest mit einer Alarmanlage gerechnet bei so einem Anwesen. Aber um Eva nicht noch mehr zu verärgern, hatte er davon lieber gar nicht erst angefangen, als sie nach oben kletterte. Jetzt hörte er nichts mehr von ihr. Was war, wenn der Besitzer es sich anders überlegt hatte, und jetzt schon wieder nach Hause kam? Auf leisen Sohlen schlich Jürgen um die Hausecke. Es schien alles ruhig. Er postierte sich so, dass er vorne die Einfahrt und die Straße im Blick hatte und auch die hintere Front im Augenwinkel sah. So fühlte es sich also in Evas Job an. Für ihn wär das nichts gewesen. Ewig diese Adrenalinschübe. Eigentlich wohnen die beiden ganz schön hier, dachte er, um sich die Zeit zu vertreiben. Der Rasen war englisch angelegt und die Beete farblich aufeinander abgestimmt. Hier wurden die Pflanzen nicht sich selbst überlassen. Während er seine Gedanken also um die Botanik kreisen ließ, fiel Eva von einer Ohnmacht in die nächste. Kurz darauf kam sie wie von der Tarantel gestochen und die Hausecke gerannt.

»Wir müssen hier weg!«, rief sie, als sie auf Jürgen zugestürzt kam. »Los, schnell.«

»Aber was ist denn los?«, fragte er und sah nur noch, wie sie an ihm vorbeirauschte und zum Wagen lief. Er nahm die Beine in die Hand und folgte ihr. Er konnte gerade noch rechtzeitig seinen rechten Fuß einziehen und die Tür zuknallen, bevor Eva mit Vollgas über die Straße schlitterte. Er hielt sich am Sitz fest, während die Reifen quietschten.

Erst nach ein paar Minuten nahm Eva den Fuß wieder vom Gas und hielt an einer Tankstelle an.

»Sie ist tot«, sagte sie und ihre Stimme zitterte.

»Maren?«

Eva nickte. Jürgen sah, dass sie Tränen in den Augen hatte. Er traute sich kaum, weiter nachzufragen.

»Soll ich uns einen Cognac holen?«, bot er an.

»Hm ...«, machte Eva und nickte.

Jürgen stieg aus und verschwand kurz darauf im Tank-Shop.

Jetzt ließ Eva ihren Gefühlen freien Lauf. Sie zog ein Taschentuch hervor und schnäuzte sich heftig. Sie war selbst überrascht, wie sehr ihr der Tod von Maren zusetzte. Damit hatte sie nicht gerechnet. Nicht mit dem Tod und auch nicht mit ihren überschwänglichen Gefühlen. Jürgen kam zurück und reichte ihr einen Flachmann. Sie stießen an und Eva spürte, wie die Flüssigkeit in ihrer Kehle brannte. Das tat verdammt gut.

»Magst du jetzt erzählen, was da drin los war?«, fragte Jürgen und schraubte noch eine kleine Flasche auf und reichte sie ihr.

Eva trank auch diese in einem Zug leer. »Sie liegt in einem Glassarg«, sagte sie und atmete geräuschvoll aus.

»Ein Glassarg?«, fragte Jürgen ungläubig.

Eva nickte. »Genauso wie Schneewittchen. Sie sah so schön aus. Als ob sie nur schlafen würde ... es war alles so unwirklich.«

Jürgen verstand kein Wort von dem, was Eva da erzählte. Ob ihre Fantasie mit ihr durchging?

»Er hat sie umgebracht«, sagte Eva, »und wir hätten es vielleicht verhindern können.«

»Übertreibst du jetzt nicht ein wenig?«, fragte Jürgen vorsichtig. »Du bist doch nicht für alles verantwortlich, was geschieht.«

»Danke«, sagte Eva zu seiner Überraschung. »Ich weiß, dass du es gut meinst. Es ist nur ... ich hatte einfach gehofft, dass wir einen Mann zur Rede stellen, der versucht hat, mich umzubringen. Aber doch nicht, dass ich eine Leiche finde.«

Jürgen griff nach ihrer Hand und Eva zog sie ausnahmsweise nicht weg.

»Wenn das so ist, dann sollten wir jetzt aber wirklich die Kollegen vor Ort informieren, meinst du nicht?«

Eva nickte. »Magst du weiter fahren, ich glaub, ich schaff das jetzt einfach nicht. Du hättest sie sehen sollen. Sie sah so glücklich aus.«

Bevor sie wieder ganz in sich zusammenfiel, nahm Jürgen die Zügel in die Hand. Er stieg aus und lief um den Wagen herum und öffnete die Fahrertür.

»Komm«, sagte er nur und bugsierte sie zur Beifahrerseite.

Auf der Polizeiwache, die sie kurz darauf ansteuerten, schickte man sie eine Etage höher zu den Kriminalbeamten. Schnell war ein Team zusammengestellt, das gemeinsam zum Haus von Walter

Bertrusch fuhr. In der ganzen Aufregung fragte niemand danach, wer Jürgen war. Eva schilderte auf der Fahrt nach Bergisch Gladbach, was sich in den letzten Wochen zugetragen hatte. Und auch den Anschlag auf sie, der sie ja erst nach Köln geführt hatte, ließ sie nicht unerwähnt. Die Kölner Kollegen nahmen ihr zwar ab, dass sie die Sache alleine in die Hand genommen hatte, weil sie von allem, aber nicht von Mord ausgegangen war. Trotzdem schüttelten sie heimlich hinter ihrem Rücken mit den Köpfen.

Das Haus war schnell umstellt und die Tür gewaltsam geöffnet, da niemand aufmachte. Die Einsatzkräfte rannten in den ersten Stock und Eva und Jürgen hinterher. Jürgen hielt sich vor Schreck die Hand vor den Mund, als er die junge Frau im Glassarg sah.

»Wie ein Engel«, murmelte er Eva ins Ohr. »Sie sieht aus wie ein schlafender Engel.«

Eva trat jetzt, wo sie keine Angst mehr vor dem Herrn des Hauses haben musste, näher an den Sarg heran. Maren, wenn es denn wirklich Maren war, trug ein weißes Kleid, das dezent im Sonnlicht schimmerte. Weich fließend umschloss der weiche Stoff ihren abgemagerten Körper. Ihre Hände lagen gefaltet auf ihrer Brust und in der Hand hielt sie einen Mistelzweig und eine rote Rose. Um den

Hals war eine goldene Kette geschlungen, an der ein lächelnder Engel hing. Eva hatte das Gefühl, als ob Maren jeden Moment die Augen aufschlagen würde. Man würde den Deckel anheben und Maren würde aufstehen. Alles wäre nur ein großes Missverständnis gewesen. Doch was sollte daran misszuverstehen sein, wenn jemand in einem Sarg lag?

»Wir müssen jetzt die Spuren sichern«, sagte der Kölner Kommissar und schob Eva vorsichtig beiseite. »Und du solltest nochmal mit auf die Dienststelle kommen und alles zu Protokoll geben.«

Eva nickte. »Natürlich«, sagte sie matt. »Ihr müsst ihn festnehmen.«

»Aber sicher«, sagte der Kommissar. »Es sind bereits Kollegen auf dem Weg zu ihm.«

Als Eva alles zu Protokoll gegeben hatte, bestand sie darauf, bei dem Verhör von Walter Bertrusch anwesend zu sein. Schließlich war sie es gewesen, die maßgeblich zu seiner Festnahme beigetragen hatte. Wenn auch auf nicht ganz konventionellem Wege, wie sie bereitwillig einräumte. Mittlerweile war auch bekannt, dass Jürgen eher weniger mit der Polizeiarbeit zu tun hatte, doch man ließ ihn gewähren.

Es dauerte keine Stunde, und Walter Bertrusch wurde in Handschellen in die Dienststelle gebracht.

»Herr Bertrusch, Sie sind hier, weil Sie verdächtigt werden, ihre Verlobte Maren Ritter ermordet zu haben«, begann der Kommissar mit dem Verhör. Betrusch sah nicht einmal auf. »Haben Sie dazu nichts zu sagen?«, hakte der Kommissar nach. Wieder nichts. »Sie können auch gerne einen Anwalt hinzuziehen.«

»Ich habe Ihren Ring auf Langeoog gefunden«, mischte sich Eva kurzerhand ein. Sie hatte Walter Bertrusch als den Mann identifiziert, der sich ihr auf der Insel als Axel Weiland präsentiert hatte. Das Gesicht von Walter Bertrusch hellte auf. »Es war am Strand vor einigen Wochen. Ich habe dort gesessen und aufs Meer gesehen, genauso, wie sie es einmal mit Maren gemacht haben, stimmt's?«

Walter Bertrusch schüttelte kaum sichtbar mit dem Kopf.

»Sie waren also nicht mit Maren auf Langeoog?«, fragte sie noch einmal nach. »Waren Sie vielleicht alleine dort?«

Walter Bertrusch nickte.

»Und warum waren Sie alleine dort? Maren hätte doch mit Ihnen fahren können?«

Walter Bertrusch schüttelte mit dem Kopf, sagte aber weiterhin nichts.

»Das müssen Sie mir jetzt aber erklären, Herr Bertrusch. Sie fahren auf eine der schönsten Inseln Ostfrieslands und lassen Ihre Verlobte zuhause? So etwas macht man doch eigentlich nicht, wenn man frisch verliebt ist.«

Der Beschuldigte zeigte keinerlei Regung. Eva wunderte sich über sein Verhalten. Eigentlich war es üblich, dass Verdächtige sich in ein wildes Lügenwerk verrannten, bevor man ihnen dann die Schlinge um den Hals legte. Doch dieser Mann vor ihr, er schien völlig unbeteiligt. Fast schon sah er ein wenig erleichtert aus, dass endlich alles ans Licht gekommen war. Er wirkte völlig entspannt.

»Und was ist mit Esens?«, fragte Eva weiter. »Wir haben nämlich auch dort einen Ring mit dem eingravierten Namen *Maren* gefunden. Und das hat uns doch sehr verwundert. Es ist doch nicht üblich, dass man mit seiner Verlobten immer wieder den gleichen Ring tauscht. Oder haben sie diese etwa alle verloren und immer wieder neue gekauft?«

Walter Bertrusch sah kurz auf. Blickte von einem zum anderen und senkte wieder den Kopf.

»Wie viele Ringe werden wir denn noch finden?«, fragte Eva. »Und warum haben Sie versucht, mich wegen des Rings auf Langeoog umzubringen? Warum waren Sie unter falschem Namen dort?« Ihr fielen noch viele weitere Fragen ein, doch irgendwie hatte sie das Gefühl, in Wirklichkeit gar nicht zu ihm hindurchdringen zu können. Alles schien an ihm abzuprallen. Er hätte doch wenigstens versuchen können, sich zu verteidigen, herauszureden oder wenigstens einen Anwalt kommen zu lassen. Doch von all dem geschah nichts. Er saß nur da und blickte auf seine Hände.

»Sie haben Maren doch geliebt«, sagte Eva, »warum haben Sie sie umgebracht? Also, wenn ich jemanden lieben würde, dann wäre doch Mord das Letzte, was mir in den Sinn käme. Was hat Maren falsch gemacht? Hat sie Sie etwa betrogen? Gab es einen anderen und sie wollte Sie verlassen?« Lauernd sah sie ihm ins Gesicht.

»Ja, ich vermute sogar sehr stark, dass es so gewesen ist. Eine so junge und wunderschöne Frau wie Maren und dann Sie. Ein Mann, mindestens zehn Jahre älter und nun ja, entschuldigen Sie, wenn ich so offen bin, aber Sie sehen mir nicht danach aus, als ob eine junge Frau besonders viel

Spaß mit Ihnen haben könnte. Und dann kam ein anderer Mann, der Marens Herz im Sturm erobert hat. Er hat ihr all das gegeben, was Sie bei Ihnen nicht finden konnte. Wahre Liebe, jede Menge Spaß und ein neues Gefühl von Freiheit. Und Sie ... Sie konnten es einfach nicht ertragen. Konnten nicht mit ansehen, dass Maren endlich glücklich war, und dann haben Sie sie umgebracht!« Die letzten Worte spie Eva nur so aus. Ihre ganze Wut legte sie in ihren Vortrag und die eigene Verbitterung darüber, dass sie es nicht hatte verhindern können, dass das Leben dieser jungen Frau ausgelöscht worden war.

»Sie haben doch überhaupt keine Ahnung!«, schrie Walter Bertrusch plötzlich und ballte die Fäuste. »Ich habe Maren geliebt, wie ich noch keine Frau vor ihr geliebt habe. Und auch wenn Sie es nicht glauben können, sie hat mich auch geliebt.«

»Und warum ist sie dann tot?!«, schrie Eva zurück und der Kommissar blickte verständnislos von einem zum andern.

»Ich wollte sie nicht umbringen, ich wollte doch nur eine perfekte Frau.«

»Eine perfekte Frau? Und Sie glaubten, Maren würde perfekt, wenn sie tot wäre?« Eva war fassungslos.

Walter Bertrusch schüttelte mit dem Kopf. »Nein ... ich weiß es nicht. Es ist einfach so passiert. Ich wollte sie doch gar nicht töten. Und ich wollte auch nicht, dass mein Hund stirbt. Immer passiert mir so etwas.«

Der Mann hatte ja Nerven, dachte Eva. Brachte seine Frau um und faselte nebenbei auch noch etwas von einem Hund. So gefühllos konnten doch nur Männer sein.

»Ich weiß nicht, von welchem Hund Sie sprechen«, sagte sie nur. »Wir haben keinen Hund im Haus gefunden.«

Walter Bertrusch lachte auf. »Das können Sie ja auch nicht. Er ist ja schon seit vierzig Jahren tot.«

Nun dreht er wohl völlig durch, dachte Eva.

»Und? Haben Sie den Köter auch umgebracht?«, fragte sie bewusst provokant.

Das erste Mal sah sie so etwas wie Gefühle in seinem Blick. »Das war mein Vater«, sagte er, »er hat meinen Hund getötet.«

»Aber da waren Sie doch noch ein Kind. Das hat doch mit Maren nichts zu tun. Damit können Sie sich jetzt nicht herausreden. Oder wollen Sie uns hier etwa erzählen, dass auch ihr Vater Maren umgebracht hat?«

»Nein«, sagte er nur. Dann fiel er wieder in seine Lethargie.

Eva wusste nicht genau, warum, aber irgendwie hatte, sie das Gefühl, dass sie jetzt näher an ihn herankam. Irgendetwas war in den letzten Minuten geschehen und alles hatte mit einem Hund und mit seiner Kindheit zu tun. Wie übrigens das meiste, was Menschen im Erwachsenenalter zu Mördern machte. Es bestätigte sich doch immer wieder.

»Sie geben jetzt also zu, dass Sie Maren getötet haben«, fuhr Eva mit der Befragung fort. Der Kölner Kollege hatte es mittlerweile aufgegeben, sich in irgendeiner Form einzumischen. Denn Eva machte ihre Sache verdammt gut. »Dann müssen Sie uns jetzt nur noch sagen, warum, wann und wie Sie es gemacht haben. Und dann sind wir hier auch schon fertig und Sie wandern für den Rest ihres Lebens in den Knast.« Sie stand vom Stuhl auf, um ihre Ausführungen zu untermauern.

Walter Bertrusch faltete die Hände ineinander. »Ich habe Maren geliebt. Mehr als mein Leben. Ich wollte ihr nicht weh tun, sie sollte nur perfekt sein.«

»Das sagten Sie schon ...«

Er sah auf und Eva direkt ins Gesicht. »Sie haben ja keine Ahnung, wie es ist, wenn man in der ständigen Angst lebt, einen geliebten Menschen zu verlieren.«

Eva antwortete nicht.

»Ich habe alles für Maren getan. Ich habe sie auf Händen getragen.«

»Das hört sich aber nicht unbedingt nach einem Grund an, sie kaltblütig umzubringen«, sagte Eva mit wütendem Unterton. Ihr ging das Gefasel des Mannes gehörig auf die Nerven. Was erwartete er? Etwa Mitleid? Nur weil sein Vater seinen Köter getötet hatte? So langsam reichte es ihr.

»Warum haben Sie den Ring auf Langeoog vergraben?«, fragte sie plötzlich einer Eingebung folgend. »Es war doch Ihr Verlobungsring, oder?«

Walter Bertrusch nickte.

»Also, warum?«

»Es war doch unser Jahrestag«, sagte er leise.

»Was hat das damit zu tun. Ich verstehe nicht, was Sie meinen. Könnten Sie sich vielleicht etwas deutlicher ausdrücken, damit auch dumme Polizistinnen wie ich Sie verstehen können? Was meinen Sie damit, es war Ihr Jahrestag? Haben Sie den Ring etwa am elften Mai zweitausendvierzehn auf der Insel vergraben?«, fragte sie.

»Ja, genau. Vor fast einem Jahr.«

Evas Hirn arbeitete fieberhaft. Wenn es stimmte, was er sagte, dann war Maren vielleicht schon tot gewesen zu dem Zeitpunkt. Und er war eiskalt alleine auf die Insel gefahren und hatte dort zur Feier des Tages den Ring mit ihrem Namen verbuddelt. War das noch normal?

»Sie wollen mir hier also allen Ernstes erzählen, dass Sie Ihre Verlobte umgebracht haben im letzten Jahr, und dann frohgelaunt in den Urlaub gefahren sind?«

»Nein, so war es nicht.«

»Aber wie war es dann? Nun spucken Sie es doch endlich aus?«

Während Eva auf eine Antwort wartete, kam ihr noch ein ganz anderer Gedanke. Und sie hatte Angst davor, ihn zu Ende zu spinnen. Konnte es vielleicht möglich sein, dass Maren auch bereits zweitausendsechs, als man den Ring in Esens gefunden hatte, nicht mehr am Leben gewesen war? Ihr Herz machte einen Satz, als sie sich an das Szenario mit dem Sarg erinnerte. War Maren vielleicht schon viele Jahre tot? Als er nicht antwortete, fuhr sie fort.

»Wann haben Sie Maren umgebracht? Es war nicht erst im letzten Jahr, richtig?«

Walter Bertrusch nickte. »Es ist schon viele Jahre her«, sagte er.

Eva wurde fast übel bei dem Gedanken, dass die Frau, die sie vorhin im Glassarg gesehen hatte, schon viele Jahre darin lag. Und sie sah aus, als wäre sie gerade eingeschlafen. Was hatte er mit Maren gemacht, nachdem er sie umgebracht hatte? Etwa einbalsamiert? Das Blut abgesaugt und durch Formaldehyd ersetzt? Ihr Magen drehte sich um. Wenn sie das nachher Jürgen erzählte, würde er nie wieder bei einer Ermittlung dabei sein wollen.

»Wollen Sie uns nicht endlich erzählen, wie es passiert ist?«, mischte sich der Kölner Kollege ein, der sah, wie Eva sich wand. »Wir bekommen es doch sowieso heraus, wenn wir den Leichnam untersuchen. Also erzählen Sie und umso eher sind Sie hier fertig.«

Walter Bertrusch sah von einem zum anderen, so als überlege er, wie viel von seiner Wahrheit er preisgeben dürfe. Doch er musste auch wissen, dass sein Leben zerstört war, so oder so. Wenn es nicht sogar schon vor vielen Jahren begonnen hatte, als sein Vater seinen Hund getötet hatte.

»Ich werde Ihnen jetzt alles erzählen«, sagte er schließlich, »das bin ich Maren schuldig.«

Es begann die Erzählung einer langen Geschichte einer großen Liebe, die mit dem Jahreswechsel ins nächste Jahrtausend seinen Anfang genommen hatte. Maren war zu der Zeit in Trier und studierte dort Architektur. Sie war mit einer Freundin zu einer Silvesterfeier von Studienkollegen gegangen, auf der die beiden sich unendlich langweilten. Also beschlossen sie, durch die Kneipen zu ziehen. In einem urigen Lokal trafen sie auf Walter. Es hatte ihn als Verwaltungsangestellter beruflich von Köln nach Trier verschlagen, erzählte er ihnen. Eva zählte eins und eins zusammen. Vermutlich war er über seine Verbindung zur Verwaltung an die Information gekommen, dass nach einer Maren gefahndet wurde. An diesem Silvesterabend war er alleine unterwegs, weil eine langjährige Beziehung einige Monate vorher in die Brüche gegangen war. Marens Freundin merkte bald, dass Walter nur Augen für ihre Freundin hatte. Gegen ein Uhr verabschiedete sie sich mit einem Augenzwinkern. Keine drei Monate später zog Maren bei Walter ein.

Während er erzählte, wurde Walter Bertrusch immer wieder von einem Schütteln erfasst. Er habe Maren doch so geliebt. Und er hätte alles für sie getan, beteuerte er immer wieder.

»Das erstaunt mich jetzt doch ein wenig«, sagte Eva. »Schließlich haben sie Ihre Verlobte ermordet. Wie können Sie da von großer Liebe faseln. Das Einzige, was Sie ihr angetan haben, ist ein qualvoller Tod.«

»Sie verstehen nicht ...«, sagte Walter Bertrusch unter Tränen.

»Muss ich das denn verstehen, wenn jemand einem anderen Menschen das Leben nimmt? Ich glaube eher nicht.«

»Aber ich wollte das doch nicht ...«

»Wer hat Sie denn verdammt noch mal gezwungen?«

Walter Bertrusch vergrub sein Gesicht in den Händen und wischte sich die Tränen weg. Fast hätte Eva wirklich Mitleid mit diesem Mann bekommen, doch sie rief sich immer wieder das Bild von Maren in dem Glassarg in Erinnerung zurück. Und schon war sie wieder bereit, diesem Mann den Hals umzudrehen.

»Tun Sie uns allen einen Gefallen und sagen Sie uns, wann und warum Sie Maren kaltblütig ermordet haben«, forderte Eva böse.

Walter Bertrusch schnäuzte sich. »Es fing damit an, dass wir meine Eltern besucht haben«, begann er wieder. »Sie haben sich gefreut, dass ich eine so nette junge Frau kennen gelernt habe.«

Eva machte große Augen. »Und weiter ...«

»Sie haben uns übers Wochenende eingeladen ... und danach war alles plötzlich anders. Mein Vater, er ... also, meine Mutter hat mir das später erzählt, dass mein Vater, nun Sie müssen wissen, er ist sehr konservativ. Er hatte ein Problem damit, dass Eva studierte, dass sie ein eigenes

Leben führen wollte. Seiner Meinung nach hätte sie nach Hause an den Herd gehört, so wie meine Mutter.«

Eva lief im Verhörraum auf und ab. »Entschuldigen Sie, wenn ich nochmal nachfrage«, sagte sie in sarkastischem Ton. »Habe ich das richtig verstanden, dass Sie Maren umgebracht haben, weil Ihr Vater nicht mit ihren beruflichen Zielen einverstanden war?«

Walter Bertrusch schüttelte mit dem Kopf. »Nein, so war es nicht ... es ... ach, ich weiß ja auch nicht, wie ich es erklären soll. Es war so ein Gefühl. Ich hatte Angst.«

»Himmel Herrgott nochmal, mir reißt gleich der Geduldsfaden«, polterte Eva.

Walter Bertrusch zuckte zurück. War er am Ende gar kein bösartiger Killer, sondern war ein ängstlich schreckhafter Typ? Hatte er auch vor seinem Vater Angst gehabt als Kind und hatte sich diese Angst bis ins Erwachsenenalter manifestiert?

»Sie hatten Angst vor Ihrem Vater, oder?«, fragte sie instinktiv.

Walter Bertrusch nickte.

»Hat er Sie geschlagen als Kind?«

»Manchmal ... aber meistens hat sich meine Mutter zwischen uns gestellt.«

»Dann war da noch etwas anderes«, mutmaßte Eva. »Hat er Sie womöglich missbraucht?«

Abwehrend hob Walter Bertrusch die Hände. »Oh nein, bitte denken Sie das ja nicht. So war es nicht.«

Dann konnte es doch nur noch die Psyche sein, die einen Knacks bekommen hatte, dachte Eva. War Walter Bertrusch ein Psychopath? Vermutlich, wenn er jahrelang mit seiner toten Frau im gleichen Haus lebte, als sei nichts geschehen.

»Was hat ihr Vater mit Ihnen gemacht?«, fragte Eva plötzlich in versöhnlicherem Ton. »Hat er Sie in den dunklen Keller gesperrt?«

Er schüttelte wieder mit dem Kopf. »Er hat mir meinen Hund weggenommen«, sagte er schließlich und wand sich wieder vor Kummer.

»Ihren Hund? Was war damit? Warum hat er Ihnen den Hund weggenommen?«

Walter Bertrusch rieb sich über die Augen. »Ich war in der Grundschule«, sagte er mit bebender Stimme. »Die Eltern meines Schulkameraden hatten einen Hund, der Welpen hatte. Mein Freund hat mir einen geschenkt. Als ich damit nach Hause kam, hat mein Vater ...«, er schluchzte, »mein Vater hat ihn mit in den Garten genommen. Ich habe ihn nie wieder gesehen.«

Eva runzelte die Stirn. Ein Hundewelpe im Garten. Das konnte nur eines bedeuten. Er hatte das Tier erschlagen und begraben. Wie grausam konnten Menschen sein. Kein Wunder, dass dieser stattliche Mann einen Knacks fürs Leben bekommen hatte.

»Und Sie wollen mir jetzt erzählen, dass Sie Maren wegen dieses Hundewelpen umgebracht haben?«

»Ich hatte Angst, dass mein Vater mir Maren auch wegnimmt und ich sie nie wiedersehe. Mein Vater hat mir alles weggenommen, was mir jemals etwas bedeutet hat, wenn es in seinen Augen nicht wertvoll genug war. Meine Mutter hat mir später erzählt, dass er meinen Hund mit einer Schaufel erschlagen hat. Einfach so. Und dass nur, weil er nicht reinrassig war. Ein Mischling war in seinen Augen nichts wert. Und so ging es mit anderen Dingen weiter. Wenn ich meiner Mutter Blumen von der Wiese mitbrachte, wurden sie sofort entsorgt. Wenn ich eine schlechtere Note als eine Drei nach Hause brachte, war der Teufel los. Er sagte immer, wenn du nicht aufs Gymnasium kommst, dann hast du in meinem Haus nichts mehr zu suchen.« Walter Bertrusch redete sich jetzt alles von der Seele, schien es Eva.

»Und Sie glaubten also, dass Ihr Vater Ihnen auch Maren wegnehmen könnte, weil sie in seinen Augen keine richtige Frau, Ehefrau oder Hausfrau war, richtig?«

»Genau das habe ich gedacht«, sagte er leise. »Ich musste doch dafür sorgen, dass Maren perfekt war. Ich habe versucht, ihr das Leben zuhause so angenehm wie möglich zu machen. Vielleicht wäre sie irgendwann sogar bereit gewesen ... aber sie hat sich gesträubt.«

»Wer will ihr das verdenken«, sagte Eva kopfschüttelnd. »Wer lässt sich denn gerne das eigene Leben verbieten?«

»Ich wollte das ja auch gar nicht. Aber ich wollte sie auch nicht verlieren. Ich habe noch nie eine Frau so geliebt wie Maren. Und als ich spürte, dass sie unglücklich wurde, weil ich ihr Dinge verboten habe, da sind wir einfach nicht mehr zu meinen Eltern gefahren. Sie hat das nicht verstanden, woher auch? Und ich konnte ihr den Grund nicht erklären.«

»Wie haben Sie sie umgebracht?«, fragte Eva.

»Ich habe ihr eine Überdosis Schlaftabletten verabreicht, sie ist einfach eingeschlafen und ...«

»Nicht wieder aufgewacht«, vollendete Eva matt. »Wie konnten Sie all die Jahre mit einer Toten leben?«

»Für mich war Maren nicht tot. Sie war perfekt und niemand konnte sie mir mehr wegnehmen.«

Eva war fassungslos. Sie hatte es schon mit vielen üblen Typen zu tun gehabt, aber Psychopathen waren noch nicht so viele darunter gewesen.

»Und warum haben Sie sich jedes Jahr einen neuen Ring anfertigen lassen und den alten weggeworfen?«

»Das war eher ein Zufall und wurde dann zu einem Ritual«, sagte Walter Bertrusch. »Einen Ring habe ich verlegt, ich weiß gar nicht mehr wo. Also war ich in der Verlegenheit, einen Neuen zu brauchen. Als Maren ... nun, als sie nicht mehr lebte, habe ich uns jedes Jahr neue Ringe machen lassen zu unserem Jahrestag. In diesem Jahr wollte ich sie endlich heiraten, deshalb habe ich einen Brillanten aufsetzen lassen auf ihren Ring.«

»Und die alten Ringe haben Sie dann in alle Welt verstreut?«

»Nein, ich habe mit Maren einen Ausflug gemacht ... in Gedanken war sie immer bei mir. Und weil sie eine geborene Ostfriesin war, habe ich auch einen auf Langeoog vergraben. Hätten Sie ihn bloß nie gefunden, dann wäre noch immer alles perfekt.«

»Abführen«, sagte Eva. »Ich habe genug für heute.«

Von den Kölner Kollegen erfuhr sie, dass man bei Maren im Glassarg neun goldene Ringe gefunden hatte. Der Erste datierte vom elften Mai aus dem Jahr 2005. Sie verabschiedete sich von den Kölner Kollegen und ging mit Jürgen in ein Restaurant in der Innenstadt. Dort berichtete

Sie ihm in groben Zügen von dem, was Walter Bertrusch getan hatte.

»Der ist ja komplett verrückt«, stellte Jürgen fest. »Der wandert sicher nicht in den Knast, sondern in eine Klapsmühle.«

»Kann sein«, sagte Eva. »Aber letztlich kann es uns egal sein. Es gibt nichts, was Maren wieder lebendig machen würde. Ich weiß nicht, ob ich diesen Anblick von ihr jemals wieder vergessen kann.«

Am nächsten Morgen brachen sie sehr früh auf, um nach Esens zu fahren und Klara den Wagen zurückzubringen. Die Einladung, doch noch ein paar Tage zu bleiben, lehnten sie dankend ab. »Ich muss nötig wieder auf die Insel«, hatte Eva gesagt. »Ich brauche frische Luft.«

Wieder auf der Insel

»Endlich wieder Wasser zwischen mir und dem Festland«, freute sich Jürgen, als die Fähre vor Langeoog anlegte.

»Ja, es tut wirklich gut. Diese Ruhe ohne den Autoverkehr. Ich glaube, so schnell zieht es mich nicht mehr in eine Großstadt«, erwiderte Eva.

»Dann solltest du dir das nächste Mal einen Fall aussuchen, bei dem du auf der Insel bleiben kannst.«

»Das hieße dann ja, dass hier ein Mord passieren müsste. Würde dir das etwa gefallen?«

Jürgen zuckte mit den Schultern und lachte. »Solange es mich nicht trifft.«

»Galgenhumor ist wohl immer noch der Beste.«

Sie liefen gemeinsam zur Touristinfo.

»Wie geht es denn jetzt weiter?«, fragte Jürgen, bevor er in den Laden ging.

»Womit?«

»Na, ich meine mit uns.« Jürgen trat verlegen von einem Bein aufs andere. »Nach dem, was wir alles zusammen erlebt haben in den letzten Wochen, meine ich. Ich hab dich sogar auf Händen getragen.«

»Fang bloß nicht damit an«, wehrte Eva ab. »Da mag ich ja nicht mal dran denken. Ich glaube, es geht am besten weiter wie bisher. Du hast deine Touristinfo und ich habe meine Dienststelle.«

»Darüber reden wir heute Abend am besten bei einem Glas Rotwein«, ließ Jürgen nicht locker. »Ich hol dich um acht zuhause ab.«

Kopfschüttelnd lief Eva davon. Dass Männer auch aus Mücken immer gleich einen Elefanten machen mussten.

Einige Wochen waren vergangen. Eva hatte sich bereits wieder an das Inselleben gewöhnt. Und es war mehr als das, sie genoss die friedliche Stille. Vielleicht war die Entscheidung, nach Langeoog zu ziehen, doch gar nicht so schlecht gewesen, dachte sie, als sie am Strand entlanglief. Hier hatte sie den Ring gefunden und damit war sie auch zu ihrem ersten Fall auf der kleinen Insel gekommen, der sie selbst in Gefahr gebracht hatte. Aber das gehörte zu ihrem Job als gute Polizistin. Sie zog ihre Sandalen aus und spürte den weichen Sand unter ihren Füßen. Sie atmete tief ein und schloss die Augen. Das Meer roch nach weiteren Abenteuern, die sie noch zu bestehen hatte.

ENDE

Moa Graven wurde 1962 in Ostfriesland geboren und wohnt in Leer (Ostfriesland). Das Schreiben gehörte schon von Kindesbeinen an zu ihren Leidenschaften, sie liebte Papier und schrieb alles auf, was ihr in den Sinn kam. Auch hat sie unter der vielbesprochenen Bettdecke nächtelang gelesen. Beruflich schlug sie zunächst eine Laufbahn in der Verwaltung ein und arbeitet seit dem Jahr 2000 auch als freie Journalistin. Seit Sommer 2013 schreibt sie die Kommissar Guntram Krimi-Reihe, die in Ostfriesland angesiedelt ist. Im Sommer 2014 kam die Ermittler-Reihe mit Jan Krömer hinzu. Mit Eva Sturm beginnt jetzt eine weitere Krimi-Reihe mit einer Ermittlerin. Mit den Ostfrieslandkrimis, die in ihrem im April 2014 gegründeten cri.ki-Verlag erscheinen, ist sie jetzt in ihrem Lieblingsgenre, dem Krimi, angekommen.
Besuchen Sie die Autorin auch gerne auf ihrer Homepage www.moa-graven.de